리스펙토르의 시간

리스펙토르의 시간

엘렌 식수 지음
황은주 옮김

Hélène Cixous
L'HEURE DE CLARICE LISPECTOR

옮긴이 황은주

서울대학교 철학과를 졸업하고 대학원에서 철학과 불문학을 공부했다.
현재는 영어와 프랑스어 책을 우리말로 옮기고 있다.
옮긴 책으로 『루소의 식물학 강의』, 『다가올 사랑의 말들』,
『자살의 연구』(공역) 등이 있다.

리스펙토르의 시간

초판 1쇄 발행 | 2025년 4월 30일
지은이 | 엘렌 식수
옮긴이 | 황은주
펴낸이 | 정무영, 정상준
펴낸곳 | (주)을유문화사
창립일 | 1945년 12월 1일
주소 | 서울시 마포구 서교동 469-48
전화 | 02-733-8153
팩스 | 02-732-9154
홈페이지 | www.eulyoo.co.kr

ISBN 978-89-324-7539-4 04800

차례

일러두기

본 작품의 번역 판본은
『L'heure de Clarice Lispector』(Des femms, 1989)다.
모든 주석은 한국어판 옮긴이와 편집자가 작성했다.

오렌지 살기

나에게는 말하고 싶지 않은 여자들이 있다. 말함으로써 멀어지고 싶지 않은 여자들, 사물을 비껴 나가는 말로 말하고 싶지 않은 여자들이 있다. 말의 발걸음이 내는 소음은 사물들의 맥박을 뒤덮어 가려 버리기에, 나는 사물 위로 떨어져 내려 그 미세한 떨림을 얼어붙게 하는, 음조를 어긋나게 하는, 먹먹하게 만드는 말로 그 여자들에 대해 말하고 싶지 않다. 나는 말이 그녀들의 목소리 위로 떨어져 내리는 것이 두렵다. 어느 한 목소리를 열렬히 사랑할 수 있는 나. 나는 여자다. 목소리의 사랑. 베일에 가려진 채 나의 피를 깨우러 오는 깊고도 조심스러운 목소리의 친근한 손길만큼 강력한 것은 없다. 목소리는 갓 태어난 심장이 만나는 최초의 빛줄기다. 내 심장이 속한 곳은 목소리이며, 그것은 무한히 부드럽고 조심스럽게 곁에 있어 주는 찬란한 어둠으로 빚어진다.

내게는 차마 소음을 일으키며 흘러나오는 말에 기대 입 밖에 내어 말할 수 없는 여자들이 있다. 그녀들의 목소리가 지닌 무한한 섬세함을 사랑해서다. 섬세한 곁에 있음을 존경해서다. 그녀들이 말을 할 때는 너무나도 깊이 있고 강렬하며, 그녀들의 목소리는 사물의 배후를 부드럽게 지나 그것을 들어 올리고 적신다. 잡아당기거나 몰아세우는 대신 불러 주고 달래 주고자 하는 그녀들은 손에 든 말을 무한히 섬세한 손길로 사물 곁에 놓아 둔다. 손아귀에 쥐려 하지 않고 보살피고 구원하기 위해 말하는 여자들, 비르투오소의 손가락처럼 거의 보이지 않을 만큼 신중하고 정확한 목소리로, 새의 부리처럼 신속한 목소리로, 하지만 의미를 붙잡고 말하기 위해서가 아니라 사물 곁에 빛나는 그림자로 머물기 위해서, 갓 태어난 아이처럼 연약하기만 한 사물들을 비추고 보호하기 위해서 말하는 여자들이 있다. 불길처럼 목소리를 낮추는 여자들이 있다. 좀처럼 말하는 법이 없지만, 목소리를 통해 사물의 비밀에 가까이, 훨씬 더 가까이 다가가는 여자들. 대지의 높이까지 몸을 낮춰 뉘이고, 감지할 수 없을 만치 미약하게 떨리는 흙을 어루만지고, 만물이 함께 만들어 내는 대지의 음악, 대지의 합창을 듣는 여자들. 가장 미약한 시작들 속에서 생명의 신호를 알아보는 목소리를 지닌 여자들. 그녀들이 글을 쓰는 것은 가장 세심한 정성으로 생명의 탄생을 감싸기 위해서다. 그녀들은 다정함이 하나의 과학이라는 것을 가르쳐주었다. 그녀들의 글쓰기는 우리가 무언가를 구할 때, 우리 존재가 지닌 가장 비밀스러운 것을 찾아 나설 필요가 있을 때 몹시도 부드럽게 우리의 영혼을 만나러 오는 손으로 변모한 목소리다. 우리의 심장을 처음으로 깨웠던 것은 여자의 목소리였으므로.

한 여자의 목소리가 먼 곳으로부터 내게 왔다. 마치 고향에서 온 목소리 같았다. 그 목소리는 내가 한때 알았던 것, 친밀하고 천진하며 지혜로운 앎, 되찾은 프리지어의 노란빛과 보랏빛처럼 오래되고도 신선한 앎을 가져다주었다. 1978년 10월 12일, 그때까지 미지의 존재였던 그 목소리가 내게 당도했다. 목소리가 나를 찾은 것은 아니었다. 그녀는 그 누구를 향해서 글을 쓰지 않고 모두를 향해 글을 썼으며, 글쓰기를 향해 글을 썼다. 나는 그 낯선 혀/언어langue*를 말할 줄 모르지만 심장으로부터 이해한다. 그녀의 침묵하는 말은 내 생명의 혈관 속 곳곳에 자리 잡아 광기의 피, 기쁨의 피로 번역되었다.

하나의 글쓰기가 천사의 발걸음으로 다가왔다. 나 자신으로부터 그렇게나 멀리 떨어진 채 유한한 내 존재의 끄트머리에 홀로 외로이 있을 때였다. 나의 글쓰기-존재l'être d'écriture**는 홀로 있음에 가슴 아파하며 나날이 커져 가는 슬픔 속에서 수취인 불명의 편지를 보냈다. **"십 년간 책들의 사막에서 헤맸지만 아무런 대답도 만나지 못했어"**, 편지는 점점 짧아져 가고, **"그런데 친구들은 어디 있지?"**, 그것은 점점 더 금지된 것이 되어 가고, **"시는 어디에?" "진리는?"**, 겁에 질려 주어가 사라지고 거의 읽을 수 없게 된 메시지, **"의심, 차가움. 맹목?"**. 나는 내 글쓰기-존재가 미쳐 버릴까 봐 두려웠고, 나 자신에게 귀 기울일 용기를 낼 수 없게 되었고, 내 광기의 메아리가 되었다며 글쓰기-존재가 자책할까 두려웠다. 그리고 나는 나의 글쓰기-존재가 절대적으로 비-현대적이고, 부-적절하며, 시대에 부-적격이라는 것을 알게 됐으니, 그것은 불가능한 것을 미친 듯 악착스레 요구하고, 이 시체 더미의 시대에 몹시도 초연하고 풍

---

* 프랑스어 langue는 혀라는 뜻과 언어라는 뜻을 모두 갖고 있다. 이 역서에서는 문맥에 따라 혀/언어, 혀, 언어를 모두 번역어로 사용하였다.
** 여기서 식수는 남성형 명사 l'être(존재)를 여성형으로 사용하고 있다.

요로우며 열려 있는 젊은 노래, 찬가의 시대에 그랬던 것만큼이나 광대하고 무방비한 젊은 노래의 도래를 욕망했기 때문이다. 그러나 혀가 전부 죄어든 이 나라에 이제 그런 것은 도래하지 않으니, 그런 위대함을 감당해 낼 영혼 역시 존재하지 않으니, 나는 나의 글쓰기가 현실을 비껴나 있다는 것에 죄의식을 느꼈다. 내 글쓰기는 사물 가까이에서 여전히 살아 있는 말을 지닌 혀를 불러내고자 했고, 사물이 숨 쉬는 소리를 듣고자 했으며, 그 방법을 배우기 위해 동시대인의 글쓰기, 인간적 기원을 갖는 글쓰기를 찾느라 여념이 없었다. 순진함과 교만의 죄를 범한 내 글쓰기. 결백함의 죄를 범한 내 글쓰기. 그 모든 악의 책임은 오로지 나에게 있었다. 때로는 내가 글쓰기를 심판했다. 때로는 나 자신에게 유죄를 선고하고, 글쓰기의 결백을 입증하고자 하기도 했다. 그랬다. 나는 나를 공격했고, 나를 방어했고, 글쓰기를 공격했다. 때로는 내 글쓰기가 이토록 종교적이라는 것에 나 자신을 비난했다.

하나의 글쓰기가 어둠 속에서 반짝이는 손으로 다가왔다. 더 이상 나도 나를 구할 엄두를 내지 못하던 때였다. 멀리 떨어져 순수한 고독 속에 있는 내 글쓰기. 비도 이슬도 없이 말라 버린 그릿의 개울* 가까이에 있는 내 글쓰기. 그것은 내게 끝없이 용서를 구했다. 나는 글쓰기를 용서했고, 나 역시 글쓰기에게 용서를 구했다. 음식도 까마귀도 없이. 나는 더는 말하지 않았다. 나는 내 목소리가 두려웠고,

---

* 「열왕기상」 17장. 이스라엘의 왕 아합이 악을 행하고 우상을 숭배하자 선지자 엘리야는 자신이 다시 입을 열 때까지 이스라엘에 비는 물론 이슬 한 방울도 내리지 않을 것이라고 경고한다. 야훼는 엘리야에게 요르단강 동편에 있는 그릿 개울로 가서 계곡물을 마시고 까마귀들이 날라다 주는 음식을 먹으며 지내기를 명한다.

새들의 목소리가 두려웠고, 바깥을 향하게 하는 모든 부름이 두려웠다. 바깥에는 오로지 무無만이 존재했으므로. 부름은 잦아들었다. 그때 하나의 글쓰기가 나를 찾아냈으니, 나도 나 자신을 찾아내지 못하던 때였다. 그것은 단순한 글쓰기 이상이었고, 위대한 글쓰기, 먼 과거의 글쓰기, 대지와 식물의 글쓰기였다. 그것은 대지가 지고의 어머니이던 시절, 훌륭한 스승이던 시절, 우리가 대지의 고장에서 성장의 학교를 다니던 시절에 속해 있었다. 그녀는 내 바싹 마른 침묵의 목구멍, 무기력하고 귀먹은 침묵의 목구멍을 가득 채우던 질문으로부터 도망치지 않을 열망을 심어 주었으니, 나조차 나를 잃어버렸을 때였다. 그때 내 영혼은 진실로 절망하여 멀리 물러나 있었고, 그곳에는 음악도 도달하지 못했다. 리트*는 좌초했고, 아리아/공기air**는 희박해졌으며, 음악은 사멸해 갔고, 모테트***는 퇴색했다. 음악은 가 버렸다. 돌아오지 않았다. 음악은 죽었고, 모차르트조차 벙어리가 되었다. 모차르트의 이름은 더 이상 돌에서 눈물을 끌어내지 못했다. 음악은 믿음이기에. 어떻게도 부정할 수 없는 숙명적 추방 이후 믿음이란 존재할 수 없기에. 연장延長도, 기억도, 안달할 것도 없는 영혼, 눈물 한 방울이 된 영혼에게는 숨 쉴 것이 거의 남지 않았다. 한때 내가 나임을 사랑했던 여자에게 남은 것이라고는 마지막 눈물뿐이었다. 나는 은총에 대한 질문에 이 눈물을 해답으로

---

* 독일어로 노래를 뜻하는 단어 Lied에서 온 말로, 독창을 위해 작곡된 짧고 서정적인 형식인 가곡을 의미한다.
** 프랑스어 air는 공기를 뜻하지만, 오페라와 칸타타의 아리아를 뜻하기도 한다.
*** 중세 르네상스 시대에 유행했던 성악곡의 하나. 모테트라는 이름은 프랑스어로 말, 단어를 의미하는 mot에서 유래했다.

내놓았고, 그 질문의 칼끝을 내 글쓰기에 돌렸다. "네가 여자들과 공유하는 게 뭐지? 네 손은 이제 바구니에 가만히 담긴 채 곁에서 참을성 있게 기다리는, 실현할 수 있는 오렌지 하나 찾을 줄 모르는데?" 나는 말을 잃은 채 오렌지로부터 도망쳤다. 내 글쓰기도 오렌지의 비밀스런 목소리로부터 달아났다. 나는 과일이 주는 평화의 축복을 받지 못한다는 수치심에 나 자신으로부터 멀어졌다. 내 손은 너무 외로웠고, 그처럼 외로운 손에게는 더 이상 오렌지를 믿을 힘이 없었기 때문이다. 내가 나와 공유하는 것은 오로지 수치심과 낙담이었다. 이제 내 손은 오렌지의 선함, 그 과일의 충만함을 이해할 만큼 선하지 못했다. 내 글쓰기는 오렌지와 작별했다. 오렌지에 대해 쓰지 않았다. 그것을 향해 가지 않았다. 그것을 부르지 않았다. 내 입술로 주스를 가져가지 않았다.

저 멀리, 내 역사의 바깥에서부터, 하나의 목소리가 마지막 눈물을 거두어 주러 왔다. 오렌지를 구해야 해. 귓가에 속삭이는 목소리. 그러자 오렌지의 님프와도 같은 것이 가슴속에서 깨어나 심장의 수반水盤으로부터 솟구쳐 흘러넘쳤다. 어떤 목소리에는 그런 힘이 있다. 나는 언제나 그렇게 믿어 왔다. 목소리는 내 글쓰기의 텅 빈 두손에 다시 오렌지를 놓아 주었고, 종이의 하얀 막이 낀 글쓰기의 메마른 눈을 오렌지나무의 기운으로 문질러 주었다. 그것은 살아 있는 오렌지를 따서 즉각 축하연을 열기 위해 달려오는 어린 시절이었다. 우리의 어린 시절은 오렌지의 과학을 알고 있으므로. 오렌지와 소녀 사이에는 원래부터 친밀함이 있었다. 거의 친족과도 같은, 본질적인 속내의 교류가 있었다. 오렌지는 언제나 젊다. 오렌지가 지닌 생명의 힘influx*이 이 몸 끝까지 전파되었다. 오렌지는 가장 가까이에 있는 별이다. 나는 평생 오렌지를 생각해 왔다. 내 모든 생각이 나아간 곳은 오렌지였다. 내 두 손에는 평화가 있었다. 나는 내 존재의 질문에 대답을 쥐고 있는 세계가 황금의 붉은빛임을, 지금 여기 그리고 내일 현전하는 빛의 구珠임을, 초록빛 밤으로부터 내려온 붉은 낮임을 보았다.

나는 질문했다. **"내가 여자들과 공유하는 게 뭐지?"** 브라질로부터 하나의 목소리가 와 잃어버린 오렌지를 돌려주었다. **"원천으로 가야 해. 원천을 잊는 것은 너무 쉬운 일이야. 원천으로 간 촉촉한 목소리가 너를 구원할 수 있을 거야. 탄생의 목소리 이전으로, 더 멀리까지 가야 해."**

우리가 비밀을 찾고 있을 때 우리 영혼을 만나러 와 주는 손길, 그와 같은 목소리를 지닌 모든 여자들에게 나는 오렌지의 선물을 바친다. 우리 존재의 가장 깊은 비밀을 찾아 떠나는 일은 삶과 죽음이 걸린 문제이기 때문이다. 그리고 어둠 속에서 사물과 마주하러 가는 목소리와 같은 손길을 지닌 모든 여자들에게 나는 오렌지의 선물을 바친다. 무한히 세심한 손가락과 같이 사물들에게 말을 내미는 여자들, 손아귀에 쥐는 대신 스스로 오도록 이끄는 여자들에게 나는 오렌지의 실존을 바친다. 한 여자가 공기와 땅에서 비롯된 오렌지를, 그리고 그것에 결속된 무한한 모든 것을 나에게 주었던 것처럼. 모든 오렌지가 생명을 유지하고 순환시키는 모든 의미 관계

---

* 신플라톤주의 철학과 그로부터 영향을 받은 중세철학에서 influx는 상위 존재부터 하위 존재로 흘러드는 신적 에너지와 영향력, 힘을 의미한다. 이때 천체는 일자─者에서 흘러 나온 신적 에너지를 아래 세계의 자연, 생명체, 인간에게로 전달하는 매개체 역할을 한다. 여기서는 문맥을 고려해 생명의 힘으로 번역했다.

들을 포함하여 나에게 주었던 것처럼. 거기에는 주어진 오렌지 한 알로부터 한 여자가 키워 낼 수 있는 모든 생각들이 있다. 삶, 죽음, 여자들, 형식들, 부피들, 운동, 질료, 변신의 길들, 과일과 몸 사이 보이지 않는 연결들, 향기의 운명, 파국의 이론…… 그리고 거기에는 오렌지의 모든 이름들이 있다. 거의 새하얘진 내 종잇장/나뭇잎 feuille 위에 놓인 채 침묵하는 이름, 신의 이름이 신에게 속하듯 오로지 자신에게만 속한 그 이름, 오렌지의 성姓과 처녀적 성, 그리고 하나뿐인 고유한 이름이 있다. 클라리시의 목소리는 모든 오렌지 가운데서도 단 하나의 오렌지를 따기 위해 짙은 녹색 공기로 다가가 그 이름을 떼어 냈고, 상한 데 없이 싱싱한 오렌지를 미리 준비한 텍스트의 얇은 직물 위에 올려두고 이렇게 불렀다. **"라란자 Laranja*"**.

그것은 거의 어린 소녀와도 같았다. 그것은 되찾은 오렌지였다. 나는 단어의 고운 껍질을 통해 그것이 블러드오렌지임을 느낄 수 있었다. 나는 클라리시가 오렌지를 더 잘 만지기 위해, 더 가볍게 쥐기 위해, 텍스트를 누르는 오렌지의 무게를 더 자유롭게 해 주기 위해 두 눈을 감는 것을 직물의 미세한 떨림으로 느낄 수 있었다. 그녀는 오렌지의 비밀스런 노래를 더 내밀하게 듣기 위해 눈을 감고 썼다. 모든 오렌지orange는 기원적이다originaire. 나는 과즙 가득한 명상의 과일을, 과일 성찰이 곧 인생의 과업인 모든 여자들에게 바친다. 다시 말해 모든 여자들에게. 명상하는 나의 귀를.

동굴 탐험가인 나의 귀. 시가 아직 지하에 있을 때, 하지만 대지의

---

* 리스펙토르의 모국어인 포르투갈어로 라란자는 오렌지를 의미한다.

품 안에서 바깥으로 나갈 주문을 외우기 위해 천천히 투쟁하고 있을 때, 아직 질료의 호흡에 지나지 않음에 즐거워하면서도 고통받을 때, 나의 귀는 시의 자라남을 듣는다. 순간을 사랑하는 것이 필연인 내 모든 친구들에게 나는 세 가지 선물을 바친다. 순간을 구해 내는 것은 지독하게 어려운 일이기에. 우리는 결코 필요한 만큼의 시간을, 사랑의 조건인 느린 핏빛 시간을, 지속하게끔 하는 용기를 지닌 사색적이고 평온한 시간을 갖지 못하기에. 그리하여 나는 이 세 가지 선물을 바친다. 다정함의 본질을 이루는 느림을. 과육의 중심에 시의 문체에 비견할 만한 멋진 섬유질을 품은 패션후르츠* 한 컵을. 그리고 **스펠라이온spelaïon****이라는 단어를. 왜냐하면 그것은 그 자체로 목소리 가득한 호리병, 마법에 걸린 귀, 중단 없는 음악을 연주하는 악기이며, 열려 있고 바닥이 없는 일종의 오렌지이기 때문이다.

오렌지는 하나의 순간이다. 오렌지를 잊지 않는 것은 중요하다. 그러나 오렌지를 기억하는 것은 다른 문제다. 오렌지를 되찾는 것 역시 그렇다. 순간의 무한한 광대함을 이해하기 시작하려면 적어

---

* 패션후르츠fruits de la passion를 직역하면 열정의 과일이라는 뜻이 된다.

** σπήλαιον. 고대 그리스어로 동굴을 뜻하며, 철학적 맥락에서는 플라톤의 동굴의 비유와 연결된다. 플라톤에게 동굴은 감각이 지배하는 경험 세계의 한계를 강조하기 위한 메타포다. 동굴 안에는 동굴의 벽을 향한 채로 사슬에 묶인 사람들이 있다. 그들 뒤쪽에는 불이 타오르고, 그 뒤편에서 움직이는 사물들의 그림자가 동굴의 벽에 비친다. 사슬에 묶인 동굴 속 사람들은 그림자만을 볼 수 있기에 그것이 진정한 실재라고 믿으며 살아가게 된다. 밖에서 나는 소리는 동굴 안에서 반향하면서 사람들의 잘못된 믿음을, 즉 그 소리를 내는 것이 그림자이며 그림자가 진정한 실재라는 믿음을 강화하는 역할을 한다. 여기서 저자는 목소리를 플라톤으로 대표되는 로고스의 철학과 대결시키고 있는 것으로 보인다.

도 세 개의 시간이 필요하다. 나는 하나의 오렌지를 맴돌며 사흘을 산다.

나는 오렌지의 중요성과 오렌지의 영향력을 겨우 가늠하기 시작한다. 그동안 세 번의 낮과 세 번의 가냘픈 밤이 흘러가고, 세 번의 하루가 눈을 깜박이고, 세 번의 붉은 섬광 앞에서 눈꺼풀이 감겼다 열린다. 오렌지의 광채. 순간의 시작이 오렌지 바깥의 시간으로는 72시간 동안 지속된다. 순간의 시작이 신문 72면만큼 이어지지만, 나는 덧없는 인간들의 신문을 읽은 적도, 받아 본 적도 없다. 순간은 호흡하고, 깊어지고, 왔다 가고, 다가오고, 기다린다. 끊임없이. 순간은 나뉘지 않는다. 아홉 살 여행자에게 한 달은 일 년과도 같다. 오렌지를 둘러싼 세 번의 시선이, 여기에서 브라질로, 랄제리 Lalgérie*의 원천으로 간다. 과일은 무시간적 시간 속에서 빛난다. 여기서 시간의 과즙은 필요에 따라 흐른다. 나는 시간 속에 잠겨 산다. 근심 없이, 예감 없이, 두려움 없이. 나는 일한다. 나는 지하에서 헤엄치는 법을 배운다. 나는 언어를 행한다. 나는 오렌지의 수업을 따라간다. 전화벨이 울린다. 그때 나는 내면의 동양에 머무는 중이었다. 진실을 말하자면 세계의 껍질로부터 꽤 멀리 떨어진 채. 하지만 나는 중심부 가까이, 시들이 사는 둥지 바로 곁에 있었고, 내 귀는 이미 그 시들에 미쳐 있었다.

오렌지는 시작이다. 모든 여행은 오렌지로부터 가능해진다. 오렌지 곁을 통과하는 모든 목소리는 선하다.

전화벨이 울릴 때 나는 순간 속에 살아 있었다. 도처에 오렌지가

---

* 엘렌 식수의 고향 알제리 Algérie에 여성형 정관사 la를 합성한 단어다.

가득했고, 창가에서 오렌지 빛깔로 흘러가는 평화로운 빛은 나의 철학적 기쁨이었다. 나는 촉촉했고, 피부는 젊고 달콤했으며, 언제나 처음인 과일의 빛 아래 있었다. 시간은 고요하게 멈춰 있었다. 나는 부드러운 영원의 흥분 속에 시간을 잡아 두었다. 호흡은 안정적이었고, 둥지 주위로 지속적인 저음이 울렸다. 자동차, 트럭, 대포로부터 멀리 떨어져, 기원과 가까운 곳, 높고 노란 그림자 아래에서, 그때 나는 언제를 살고 있었던가? 첫 번째 정원에서, 목소리의 다정한 숲에 둘러싸인 채, 그때 나는 어디를 살고 있었던가? 전화벨이 덮쳐 오던 그때, 겁먹지 않고 경계하지 않고 분노하지 않음을 두려워하지 않던 그때. 그때 나는 성, 탱크, 방벽으로부터 멀리 떨어져 오로지 부드러움만으로 무장하고 있었다. 그때 전화벨의 거친 발걸음이 지나갔고, 나는 성스러운 근시近視 상태에서 전화가 현실의 모습 그대로, 오로지 회색빛인 총검과 방패, 투구와 갑옷을 두른 채 알레리온Alérion*처럼 시끄럽게 울리는 것을 보았다.

순간의 빛에서 나와 회색빛으로 돌아가는 것은 난폭하고 낯선 일이다. 그 훈련에는 아무런 기법도 없고, 그 의무에는 어떤 사용설명서도 없다. 그저 담력으로 해내야 한다. 그것은 두 개의 망각 사이에서 미끄러지는 일, 혹은 하나의 기억에서 다른 기억으로 도약하는 일이며, 그 경계는 흐릿하다. 나는 환경Milieu을 바꾸는 중이었다. 발끝에서부터 피에 이르기까지 모든 것을, 스스로를, 변화시켜야만 했다.

---

* 중세 문장학紋章學에 등장하는 전설적인 새. 독수리와 비슷한 것으로 묘사되지만 그보다 더 이상적이고 환상적인 새로 간주된다. 주로 날개를 펼친 모습으로 문장이나 방패에 그려지며, 기사도 정신과 관련된 맥락에서 자주 사용되었다.

전화기가 비명을 지르고 있었다. 나는 한 손으로 그것을 잡았다. 그리고 창밖으로 손을 내밀어 전화기의 목 위에 손을 올려 두었다. 나는 잊지 않고 있었다. 나는 전화기 역시 살아 있는 존재임을 알았고, 그리하여 나는 시대를 바꾸었다. 다른 한 손에는 아직도 약간의 오렌지를 쥐고 있었지만, 단지 단어로만이었다. 고유의 환경을 떠나고 나면 모든 오렌지는 상하게 되고, 쪼글쪼글해지며, 자기만의 미덕과 끌어당기는 힘, 결속시키는 힘을 잃는다. 나는 오렌지가 자신에게로 돌아가도록 그것을 오렌지의 기후 속으로 놓아준다. 단어를 손에 쥔 채 하강이 시작된다. 그때 나는 알게 되었다. 기원을 향한 사랑이 나를 얼마나 멀리까지 데려가는지. 어떤 통제할 수 없는 대기大氣 속으로 데려가는지. 말은 열기구다. 하강은 역설적인 본성을 따르며, 전화기의 무게도, 철갑을 입은 중력도, 그 가벼움의 힘에 대항하여 할 수 있는 일이 없다. 우리는 떠다닌다. 전화벨은 세계로부터 밀어닥치는 폭풍이었다. 돌아오기 위해 나는 오렌지를 놓아주어야 했다. 순간에서 벗어나기까지 72시간이 걸렸다. 그날 저녁, 나는 평범해진 내 오른쪽 귀에 전화기를 다시 가져갔다. 바로 그 순간 오렌지와 창문이 사라진다. 이제 서재에는 길을 잃어버린 여행자만 남아 있다.

우리 기원을 사랑하는 자들은 돌아오는 것을 두려워하지 않는다. 우리의 망각 속에는 기억이 있다. 전화기가 울고 있었다. 전화기의 울음은 레나타의 불안이었다.

"그런데 이란*은?"

오렌지를 잊지 않는 것은 중요하다. 오렌지 안에서 자신을 구원하는 일 역시 중요하다. 그러나 이란을 잊지 않는 것은 또 다른 문제다.

"그런데 이란은? 넌 뭘 하고 있었어?"

"'그것'을 배우고 있었어."

"동양이 부패하고, 베일을 쓴 수백만 오렌지가 짓밟힌 채 현대화된 감옥에 갇히고 있는 이때?"

"내면의 브라질에 있는 원천의 학교에 있었어, 한 여자가 나에게 느림을 가르쳐주었지."

"그럼 이란은? 잊고 있었던 거야?"

우리의 눈멂은 사물들을 아무것도-아닌-존재l'être-rien로 치워 버리기도 한다. 그러나 아무것도-아닌-존재에서 벗어나 뚜렷해져 가는 사물들이 만들어 내는 진동을 들어야 하는 때가 있다. 무관심에 대항해 싸우고 있는 사물들이 스스로를 들리게 하도록 내버려두어야 하는 때가 있다. 가슴이 미어지는 이란의 부름을 따라야 할 때가 있다. 하나는 다른 하나/타자l'autre 없이 울려 퍼지지 않는다.

"노래하고 있었어?"

"유죄. 무죄. 무죄 방면." 나는 길을 따라 나아가던 중이었다. 나는 자유롭게, 그 힘겨움을, 기쁘게 경험했다. 나는 힘이 넘치는 시선을 지닌 여자의 발자국을 따라 나아가고 있었다. 그녀는 존재들이 진실을 자유롭게 드러내도록 할 수 있었고, 각자의 척도와 리듬에 맞춰 자신의 독특한 진실을 자기만의 방식으로 드러내도록 할 수 있었으며, 타자를 꺼 버리지 않을 만큼 강하고 영적인 눈을 갖고 있었

---

* 엘렌 식수가 이 글을 집필하던 당시 이란에서는 한창 팔레비 왕조의 부패와 폭력에 맞선 혁명이 진행 중이었으며, 여기서 여성들이 주도적인 역할을 수행하고 있었다. 그러나 호메이니가 수립한 이슬람 공화국은 극단적인 여성 억압적 정책을 펼치기 시작했고, 여성 인권은 팔레비 왕조에 비해 오히려 더 후퇴하게 된다.

다. 그녀의 글쓰기는 용감했고, 자신의 존재 전체를 뿌리 뽑는 무시무시한 운동 속에서 글쓰기의 진실로까지 전진했다. 그것은 진짜 광기, 진실의 광기였고, 역사로부터 멀어져 버릴 위험을 감수하고서라도 존재들의 기원으로 다가가려는 열정이었다.

나는 위험에 처한 여자를, 위험한 여자를, 자유롭게 따라가던 중이었다. 글쓰기의 위험에 처한 여자, 글쓰기의 충만함 속에 있는 여자, 위험에 이르기까지 글을 쓰고 있는 여자를.

그 위험은 우리가 원천을 향한 여정에서 마주할 수 있는 모든 위험들이다. 오류의 위험, 거짓의 위험, 죽음의 위험, 무의미에 빠질 위험, 살인에 가담할 위험, 눈멂의 위험, 불의의 위험, 부주의의 위험, 위선의 위험. 우리는 위험을 두려워하면서도 그것을 찾아 나선다. 왜냐하면 우리가 두려워하는 가장 큰 위험은 두려워하는 법을 잊어버리는 것이기 때문이다.

(한 여자가 수치심으로 죽어 버리지 않고서 이렇게 말하려면 어떤 조건이 필요할까? 사흘간의 숨 막히는 공포를 겪은 후 월요일이 되어서야 내가 쓸 수 있게 된 이 말. **"오렌지의 사랑도 정치적이다."** 그 대가는 무엇일까?

내 영혼이 그 음절과 뒤섞인 이 이란의 날*, 마침내 내가 이 문장을 발설한다면, 아직 대가를 치르지 않은 내가 그렇게나 두려워하고 있는 이 문장이 누설되도록 내버려둔다면, 그것은 무엇보다 이 문장이 영웅적인 글쓰기를 하는 여자, 천사처럼 가까이 있으면서 무시무시한 여자, 눈부시고 초연한 그 여자에게서 나에게 온 것이기 때문이다.)

---

* 프랑스어로 오렌지는 '오랑주'에 가깝게 발음되고, 이란은 '이랑'에 가깝게 발음된다. 저자는 두 단어의 소리의 유사성에 주목하고 있다.

그녀는 경계를 넘어갔다. 그곳에서 자아는 세계에 대한 사유로서만 자아가 되고, 세계는 자아라는 빛나는 예외와 함께일 때만 세계가 된다. 그녀는 대가를 치렀다. 그녀는 빛과 사랑의 대가를 치를 수 있는 가능성을 자신 안에 지니고 있었다. 그런데 이 가능성 자체가 대가를 알고 지불하는 것에서 시작된다.

'가능성'은 신중하게 사용되어야 할 단어다. 나는 판단하지 않기 위해 이 말을 쓴다. 왜냐하면 나는 대가를 치른다는 것의 힘, 다시 말해 결백하다는 것의 힘이 어떤 본성을 지녔는지 정확히 알지 못하기 때문이다.

나는 결백하지 않다. 결백함은 숭고의 과학이다. 나는 겨우 배움의 출발점에 서 있다. 그러나 나는 숲의 무한한 반짝임을 마주한 어린 소녀와도 같이 결백함 앞에 있다. 숲속에 뛰어들기를 열망하면서도 나뭇잎 하나하나를 어루만지고 싶어 하는 소녀와도 같이. 그리고 나는 약속된 시를 마주한 시인과도 같이 하나의 산 앞에 있다. 시인은 그것을 미친 듯이 원하고 절망하면서도 겸허히 그 현존의 힘을 믿는다.

결백함은 존재한다. 클라리시의 광채는 존재한다. 그것은 손에 닿을 듯 가깝지만 다가가기 어렵고, 손대기 어렵다. 나는 결백한 무지 속에 있지 않다. 그 속삭이는 가까움은 새벽 5시에 나를 깨우고, 그 광채는 나의 밤에 메아리친다. 행복 불행Bonheur malheur*. 나는 결백을 확신한다.

---

* bonheur malheur의 발음은 bonne heure mal heure(좋은 시간 나쁜 시간)를 연상시킨다.

하지만 나는 내 불충분함 역시 확신한다. 나는 주어진 어떤 순간, 연약한 그 순간에만 결백할 뿐 그것을 지키고 구하고 유지할 줄 모른다. 바깥의 힘으로부터 오는 결백함의 일격이 나를 휩쓸어 버린다. 나는 바깥에 있게 되고, 구원받고, 불시에 나로부터 분리되어 아무도 아닌 존재가 된다. 나는 낯선 활의 장력으로부터 에너지를 부여받지만, 나는 노고를 들이지 않았고, 여행의 대가를 치르지 않았다. 몇 가지 상상력의 훈련을 막 시작했을 뿐이다. 나는 목표를 알지만 그리로 가는 길은 알지 못한다. 어쩌면 나는 충분히 결백하지 않아서 내가 저 높은 곳으로 떠오른다고 느끼는 순간 내가 결백하다는 것을 비난하게 될지도 모른다. 가장 결백한 결백함 속에서, 가장 기쁜 순간에, 기쁨은 사라지고, 나는 고통으로, 땅으로, 불신으로 돌아간다. 기쁨을 불어 꺼트리는 것은 나 자신이다. 나는 나 자신의 결백함을 용서할 만큼 겸손하지 않다. 결백함의 끔찍한 기쁨을 견딜 만큼 용감하지 않다. 나의 기억은 무겁고 어두우며 위압적이다.

그녀는 두 가지 용기를 지녔다. 하나는 원천, 자기의 낯선 부분으로 갈 용기다. 또 하나는 그곳에 갔음을 부인하지 않으면서, 거의 자기가 없는 채로 그녀 자신에게 돌아올 용기다. 그녀는 자기 바깥으로 미끄러져 갔다. 그녀는 그럴 수 있을 만큼 엄격했고, 난폭한 끈기를 지니고 있었다. 그녀는 떼내어지고, 발산되고, 의미의 허물을 벗겨 내면서 바깥으로 나왔다. 벌거벗은 시각에 이를 때까지 시각의 옷을 벗겨 내야만 한다. 눈이 두르고 있는 시선을 제거하고, 요구하는 시선을 눈물처럼 흘려보내야 한다. 바라보지-않음을 통해, 미리 기획된 설계 없는 시각에, 응시에 이르러야 한다.

그녀는 두 가지 용기를 지녔으니, 그것은 여자들만이 지닌 용기다. 두려움의 길을 따라 사막까지 내려가 죽을 만큼 두렵다는 것이 무엇인지 알게 되고, 그곳에서 두려움을 맛보고 돌아와 두렵지 않은 것은 아니지만 그것을 살아 낼 수 있게 된 여자들, 그녀들만이 지닌 용기다. 그녀들은 두려움보다 위대하다. 하나는 믿지 않을 용기다. 다른 하나는 **이전**을 사는 것, 그 모든 탐험 이전, 모든 이성 이전, 신 이전, 모든 희망 이전을 사는 것을 열망할 용기다. 어쩌면 이후를.

그녀들(오직 여자들)은 저 멀리 자신의 깊은 곳까지 갔고, 그곳에서 존재는 더 이상 갇혀 있지 않는다. 그곳에서는 사물들이 자유롭고, 모든 것은 그 생명력에 있어 평등하며, 가장 깊은 층위에서는 아무것도 하찮지 않고, 모든 존재가 자신의 내밀한 요소의 질서 속에서 고유한 필연성에 따라 진화한다. 모든 색채의 평화로 충만한 그곳. 그녀들은 입구에서 옷을 벗고 평화 속으로 몸을 내맡긴다. 평화의 대가를 이미 치른 그녀들은, 인간이라는 사물이 지닌 차이점인 호흡의 질서를 따라서, 세계의 한가운데에 자신을 담근다. 의미들이 흐르고 순환한다. 신적인 복잡성을 띤 메시지들이 진동한다. 미미한 음성의 낯선 기호들이 피, 소요와 부름들, 들을 수 없는 대답들로부터 귀로 전달된다. 신비한 결속이 수립된다. 이 제약 없는 대화 속에서는 서로 분리되어 멀리 떨어진 존재들의 불균형한 총체로부터 계산 불가능한 공명의 화음이 솟아나는 일도 불가능하지 않다.

미지의 돌 하나가 브라질의 요소이던 순간이 있었다. 돌의 현존은 브라질의 재-실존의 씨앗이자 조건이었다. 클라리시는 그 순간의 결정적인 침묵을 무르익게 할 무한한 끈기를 지니고 있었다.

어떻게 O가 I의 요소가 되는지* 말할 수 있는 여자들, 오렌지의 진리를 부르는 것이 어떻게 이란의 진리에 기여할 수 있는지, 어떻게 한 여자의 사랑(과학, 예술)이 곧 그것을 하나로 결합해 주는 환경 **인지** 증명해 낼 정당한 용기를 지닌 여자들이 있다. 그녀들은 기원의 고요 속에 충분히 오래 머물 수 있는 여자들이다.

나는 오로지 가로챈 불안정한 순간들에만 평화롭다. 그 순간들은 나에게 찾아오는 것이지 내가 스스로 찾아 나서는 것이 아니다. 어쩌면 그것은 무심코 하게 되는 순간들인 것 같다. 그렇다면 무심코 한다는 것은 무엇인가? 그것은 과학도, 다정함도 아니다. 자신을 변명하는 하나의 방식…… 수동성이랄까? 그러한 순간들은 나에게 주어지는 것이다. 그 순간들에 어떤 글쓰기가 해방되어 풀려난다.

모든 글쓰기는 결백함으로부터 온다. 나는 언제쯤 결백함을 견뎌 낼 수 있게 될까?

나에게서 그 순간들을 진정으로 앗아 갈 수는 없다. 한 통의 전화가 나의 몽유병을 끝내 버렸다. **"그런데 이란은?"** 그래서 나는 그 순간들을 돌려준다. 나는 글쓰기를 내준다. 나는 오렌지를 자백한다. 그러나 그건 그 순간들의 잘못이 아니라 내 잘못이다. 누가 나에게 주었는지 나는 모른다. 어쩌면 나는 무심코 차지했던 걸까? 나는 받았다. 무심코.

시인의 평화로운-기쁨의-상태, 나는 그것을 자유로이 향유하지 못한다.

증여의 운명에 대해 우리가 어느 철학보다도 더 많은 것을 안다 해도 소용없는 일이다.

---

* 각각 오렌지의 O와 이란의 I를 의미한다.

그럼에도 불구하고 내가 이란과 공유하는 것은 무엇일까? 귀를 통해 내 고향 오랑Oran으로 다시 데려가는 힘을 지닌 하나의 음절. 실수나 우연의 일치, 혹은 다른 어떤 이유로 나를 대오로 돌려보내는 힘을 지닌 하나의 음절을 제외하고는. 오렌지의 사랑으로 나아가는 즉시 나를 찾아올 질문을 듣지 않을 수 없고, 이란에 대한 회한을 피할 수 없으며, 고발에서 벗어날 수 없다는 불가능성이 아니라면. 내가 오래된 땅을 떠나자마자 이란은 나에게 전화를 걸고, 나를 질서로 다시 불러들인다. 내가 대가를 다 치르자마자 빚이 나를 쫓는다.

이란은 오렌지로부터 나의 주의를 돌려놓는다. 피의 목소리들을 통해 이란은 나를 다시 데려와 불안의 좁은 길로 끌고 가니, 나는 공격을 피하려 몸을 숙인 채, 잘못에서 잘못으로, 나의 죄의식 사이를 움직이다, 내 고향으로, 그 재스민*의 목소리에까지 이른다. 이란에 다가가기 위해 오렌지로부터 멀어져야만 하는 것은 아니다. 동양 전체가 오렌지다.

이란에 대해 묻는 것은 눈물로 가득한 가시 다발, 장미꽃 없는 꽃다발처럼 내게 다가오는 질문들로부터 나를 멀어지게 하는가? 아니면 오히려 우회적으로 그 질문들 가까이로, 베일 아래 감춰져 있을 때만 다가가는 것을 견딜 수 있는 질문들 가까이로 나를 데려가는가? 이란에 대해 묻는 것과 그 질문들 사이에는 어떤 공통점이 있

---

* 알제리를 비롯하여 지중해 연안 및 북아프리카에 많이 핀다. 여기서는 그 강렬한 향기로 고향에 대한 기억을 깨우는 역할을 한다.

는가? 그 질문들 없이 나는 어떤 몸짓도 할 수 없다. 그 질문들과 함께일 때 나는 울음 없이는 어떤 몸짓도 할 수 없다. 내 고통의 질문, 소속에 대한 내 질문들. 유대인juifs에 대한 질문. 여자들femmes에 대한 질문. 유대여자juifemmes에 대한 질문. **오렌지여자에 대한 질문La questione delle donnarance. 오렌지에 대한 질문A questao das laranjas.** 그 질문들은 이렇다.

나는 유대인인가 아니면 여자인가Juis-je juive ou fuis-je femme?[*] 나는 유대여자임을 즐기는가 아니면 여자인가Jouis-je judia ou suis-je mulher? 나는 여자임을 즐기는가 아니면 딸임을 즐기는가Joy I donna? ou fruo en filha? 나는 여자인가 아니면 유대인으로 돌아가는 중인가Fuis-je femme ou est-ce que je me ré-juive?

나는 한 손으로는 노랑을 쓰고, 한 손으로는 초록[**]을 쓴다. 작은 손 하나가 나의 손 아래로 미끄러지고, 내 손가락 위에 그 손가락이 포개진다. 두 겹이 된 내 손은 세계의 부름에 초조해하며 서두르고, 내 손은 삶의 가시에 찔려 찢겨 나간다. 나는 피를 쓴다. 나는 두려움 없이, 결백함 없이 쓴다. 나는 내 글쓰기의 저 밑바닥에서 유대인들이 지나가는 것을 느낀다. 그들은 내 기억의 뒤편에서 고대의 시편을 조용히 노래한다. 나는 여자들이 나의 글쓰기 안에서 글을 쓰는 것을, 출산하는 것을, 젖 먹이는 것을, 홀로 슬프게 잠자리에 들었다가 기쁘게 깨어나는 것을 느낀다. 내 두 손은 때로는 불의 걸음

---

[*] 여기서 식수는 être 동사의 1인칭 현재형인 suis를 다음에 따라오는 속사의 첫 글자를 가져와 각각 juis와 fuis로 변형하고 있다. fuis는 도망치다, 피하다는 뜻을 지닌 fuir 동사의 1인칭 현재형이기도 하다.

[**] 노랑jaune과 초록verte은 유대여성을 의미하는 프랑스어 juive를 연상시킨다.

으로, 때로는 하얀 암늑대의 걸음으로 나아간다. 내 두 손은 서로를 할퀴고, 손바닥에서는 우윳빛 눈물이 흘러내린다.

이란에 대한 물음이 우리에게 닿는 것은 어디에서인가? 국경으로부터, 탱크로부터, 법으로부터, 차야톨라스*로부터, 프랑스적 삶으로부터, 미국적 소극으로부터 멀리 떨어진 곳, 내면의 빈터, 헤스페리데스**의 정원, 여자들이 죄의식의 신분증 없이 새로운 종의 행복을 발명하는 곳에서.

가장 작은 것에까지 가본 여자들, 모든 사물들이 각자의 위대함으로 도약할 수 있을 만큼 가난하고 엄청나게 헐벗은 곳에까지 가본 여자들, 오로지 그 여자들만이 안다. 놀라우리만치 거대한 오렌지가 살아남는 것, 그것이 사람들과 그들의 역사 아래 입을 다문 채 숨겨지고 미움받은 모든 인간의 해방의 조건이라는 것을. 어떤 여자들은 가장 작은 것으로부터 출발하여 무한한 소속감 속에서 살아 있는 존재가 되는 법을 상기시켜 줄 수 있다. 그곳은 질료가 부르는 다채로운 빛깔의 노래le chant가 지어지는 경계 없는 작업장chantier이다. 나는 이러한 결백함을 향한 열정을 지니고 있다. 하지만 결백함의 평화는 얻지 못했다. 언제쯤 나는 서둘러 결백함을 벌하지 않고서 그것을 즐길 수 있게 될까?

불행한 나의 결백함. 나의 결백함은 나의 회한이다. 내 창문을 감싸고 있는 클라리시의 결백함은 이제 진실한 나의 빛이다. 그러한 결백함, 그녀의 표범과 같은 발목, 생명의 발걸음, 숭고한 야생성,

---

* 차도르를 착용한 이슬람 여성들을 지칭하는 표현.
** 그리스 신화에서 서쪽 세상 끝에 있는 축복받은 정원을 돌보는 황혼의 님프들이다. 헤라클레스의 열두 과업 중 하나가 이들이 지키는 황금사과를 가져오는 것이었다.

그러한 영성. 그것을 위해 내가 하지 않을 것은 무엇인가? 그것을 위해서 내가 하지 않은 것은 무엇인가? 그리고 거의 할 뻔했던 것은 무엇인가? 가장 위대한 힘을 갖는 것은 어려운 일이다. 그것은 그 누구도 되지 않는 것, 마치 장미처럼, 모든 이름을 앞선 순수한 기쁨이 되는 것이다.

어떻게 나 자신을 오렌지라는 이름으로 부를 수 있을까? 클라리시가 태어나기 훨씬 전, 발가벗은 채로nua* 앞선 존재들의 현존 가운데 머물고 있을 때 그녀는 어떤 이름으로 불렸을까? 벌거벗은 클라리시의 이름은 무엇인가? 때때로 그녀의 이름은 표범이었고, 어떤 순간에 그녀의 이름은 암고양이chatte, 혹은 gata**, 혹은 gatta***, 혹은 앞선-암고양이préchatte였으며, 때로는 단지 암탉의 알, 때로는 uovo della gallina****, 혹은 ovo*****, 혹은 o, 달걀이었고, 때로는 한 단어, 한 음으로 불렸으며, 4월의 어느 날, 대담하게도 모든 것을 벗어던진 그녀는 **바라타**Barata******라는 이름을 가지기에 이르렀다. 그 벗어던짐의 규모는 무한히 뻗어 나갔다. 자신의 이름 속에서라면 그녀는 질식해 죽어 버리고 말 것이다. 그러나 자아의 막을 한번 벗어나고 나면, 모든 길을 따라 펼쳐져 나가게 되고, 모든 원천들의 가장자리로 와 거주하게 된다.

---

* 포르투갈어 형용사로 벌거벗은을 의미하는 nu의 여성형이다.
** 포르투갈어로 암고양이를 의미한다.
*** 이탈리아어로 암고양이를 의미한다.
**** 이탈리아어로 암탉의 알을 의미한다.
***** 포르투갈어로 달걀을 의미한다.
****** 포르투갈어로 바퀴벌레를 의미한다. 여기서 바라타는 클라리시 리스펙토르의 소설 『G.H.에 따른 수난』에 등장하는 바퀴벌레를 지칭한다.

이방에서는 어떤 이름으로 불릴 수 있을까? 충분히 멀리, 충분히 가까이, 충분히 강하게, 충분히 부드럽게, 망각에서 망각으로 자신을 이끌고 인도하여 이방의 기억들이 시작되는 곳에 이르기 위해서는?

날짜에서 해방되기 위해 순간의 내밀함 속 깊은 곳에서 자신을 잃어버린다는 것은 무엇인가? 그것은 거대한 시간 속에서 물고기처럼 헤엄친다는 것이다.

클라리시는 어떻게 자신의 숙녀-존재être-dame로부터 멀어졌을까? 그녀는 지하의 어떤 길을 통과했을까? 자신을 클라리시라고 부르고, 스스로를 잊고, 단 하나의 소리, 단 하나의 글자로만 기억되기 위해, 존재를 돌려받기 위해, **나는 다시 태어나니**eu renasço! **je renais, rinasco, Ξαναγενντουμου***, 다시 태어난 자신이 클라리시임을 잊고 스스로를 G.H.라고 다시 부르기 위해, 단어의 노랑 속에 거주하기 위해, 그녀는 어떤 사다리를 타고 내려가 혀 깊숙한 곳, 숨결들이 합쳐지는 끓어오르는 중심에 이르렀을까? 어떤 겸손함의 뿌리가 나를 나 자신으로부터 멀리 미끄러져 가게 하는가? 시인은 절대적 순수함에 이르기 위해 어떻게 스스로를 낯설게 하는가? 사유된 것을 앞서는, 진행 중인 사유 속으로 자신을 내맡겨야 한다. 고대의 침묵의 부름을 받은 횔덜린이 자신이 태어나기도 전의 그리스로 물러나 자연에 생명을 돌려주듯이. 그곳에서는 낯선 이름들이 우리를 부른다.

나로부터 멀리, 사진과 영사기의 필름들로부터 멀리 떨어져서,

---

* 각각 포르투갈어, 프랑스어, 이탈리아어, 그리스어로 "나는 다시 태어난다"를 의미한다.

나는 어떤 이름으로 불리게 될까? 언제쯤 나는 현기증을 느끼지 않고서도 내일 없이 살 수 있게 될까? 하지만 어제 없이는 말고. 왜냐하면 모든 어제들은 여기에 있으며, 어제들은 지금의 맥박이기 때문이다. 언제쯤 나는 이미지 없이 살 수 있게 될까? 하지만 내면의 얼굴들 없이는 말고.

어떻게 나 자신을 여자라고 부를 수 있을까? '여자'는 모든 나라의 오렌지들이 베일을 벗을 수 있도록 대가를 치른 모든 여자들을 부르는 고유명사다.

거기에는 대가가 존재한다. 나는 대가를 어떻게 지불해야 할지 정확히 모른다. 무엇을 지불해야 할지조차 모른다. 만일 내가 **"오렌지의 사랑 기타 등등"** 같은 글귀를 썼다면, 그것은 온통 죄의식을 느끼는 속에서 쓰인 것이다. 나는 그것을 베껴 적었다는 점에서 유죄다. 온전한 결백함 속에서 쓰지 못했다는 점에서 유죄다. 그것은 나로부터 나온 나의 것이 아니다. 그것은 파렴치해 보이는 외관 너머 진실의 무모함 속에 고요히 머물 수 있는 하나의 글쓰기로부터만 내게 올 수 있었다. 진실은 오류의 위험 속에서 자라나므로. 그것은 실수를 두려워하지 않는 한 여자로부터 온다. 마찬가지로 나는 고의로 번역했다는 점에서 유죄다. 원래의 문장은 이렇게 말하고 있었던 것 같다. **"오늘 나는 내가 가진 것이 없음을 안다. 내가 줄 수 있는 것은 허기뿐이다. 그리고 어둠 속의 사과 한 알. 그것을 어떻게 만날 수 있는지 알고 그것이 사과임을 아는 것, 이것이 내 앎의 전부다."** 그렇다면 잘못은 없다. 그처럼 순수한 허기는 하나의 시작이다. 그처럼 치명적인 허기로부터 삶을 사랑하는 힘이 태어난다.

사과를 (오렌지로) 번역하면서 나는 나 자신을 드러내려고 했다.

그것이 내가 과일에서, 향유에서, 내 몫을 차지하는 방식이다. 내가 아직 자력으로 확언할 수 없는 것을 말할 위험을 감수하는 방식이다. 내 한계를 넘어 나 자신을 밀어붙이고, 심연에 빠져 버릴 위험을 감수하며, 발이 닿지 않는 곳까지 헤엄쳐 나가는 방식이다. 나 자신이 책임지고 대가를 치르는 방식이다. 누구에게 치러야 할지 정확히 아는 것은 아니지만. 어떻게 나라는 껍질을 충분히 벗겨낼지 정확히 아는 것은 아니지만. 사과 한 알, 사과 한 알의 선함, 딱 그만큼 단순해지기. 나의 결백함은 연약하고, 우연하며, 신경질적이다. 그것이 어디에서 오는지 알지 못하기에 나는 매순간 그것이 사라져 버릴 것만 같다. 붙잡혀서 빼앗기고, 처벌받을 것만 같다. 나는 결백함에 이를 만큼 충분히 무르익지 않았다. 혹은 아직도 나를 너무 숨기고 있고, 무장하고 있고, 방어하고 있는 것이거나.

내가 요행히 나 자신으로부터 멀리 떨어져 오렌지 주위를 맴돌던 그때, 대가를 치른 것은 누구였던가? 글을 쓰던 것은 누구였던가?

오렌지로부터 멀리 떨어져서, 나는 글을 쓰는 나 자신을 용서하지 않는다. 나는 용서를 구하기 위해 글을 쓴다. 나는 또한 오렌지에 값할 만큼 충분히 무르익지 못했다는 것에 용서를 구하기 위해 오렌지에게 글을 쓴다. 나는 용서받을 수 없는 존재다.

내가 글을 쓰는 동안 누가 나를 위해 대가를 치렀는가? 나에게 자신에게서 벗어나는 사흘을, 나임으로부터 결백한 시간을 준 것은 누구인가? 망각하기 위해서는, 망각에서 구해 내기 위해서는, 기억이 있어야만 한다.

어쩌면 나는 대가를 다 치르지 않아도 되는 걸까? 어쩌면 잘못은 없는 걸까? 결백함도 없는 걸까? 어쩌면 나는 나 자신을 용서하고 싶지 않은 걸까?

아무도 결백함을 지니고 있지 않다. 하지만 어두운 밤 사과의 부드러운 빛은 우리를 그쪽으로 이끌어 준다. 때때로 여자는 부유하게 겸손하고 굳건하게 부드러워서 아무도 아닌 자가 될 수 있다. 비인격적 여자인 한에서 그녀는 결백함의 기이한 자유 속에 머물 수 있다. 그럴 때는 그녀가 곧 결백함이다. 그러나 그러기 위해서는 과일의 희미한 빛에 의지하여 목적 없이 걸을 수 있어야 한다. 그러다 보면 그녀가 곧 세계가 되는 순간이 올 것이다. 세계의 기억과 길, 목소리들을 포함한 채로. 그녀는 이해한다. 그녀는 아무도 아닌 자를 위해 글을 쓰고, 어둠 속에서 이름을, 과일을, 손길을 내민다. 그녀는 사물들을 말하고, 사물들은 아무도 아닌 자를 향해, 나를 향해, 여자들을 향해 다가가고, 타오르듯 우리에게 도착하니, 1978년 10월 12일, 사물들이 우리 위로 떨어져 내리고, 주어진다.

***

이 밤 글쓰기가 내게로 왔다. 클라리시, 그 천사의 발걸음이 내 방 안에. 그녀의 천둥 같은 회녹색gris vert 목소리. 다시금 진실의 목소리, 빛의 목소리, 진실의 일격이 내 방 사막 안에 도달했다. 나의 천사는 나와 씨름했다. 내 가난의 천사, 클라리시 그녀의 목소리가 나를 불렀다. 가난의 도취시키는grisant 부름이. 나는 씨름했고, 그녀는 나를 읽었다. 그녀의 글쓰기가 일으키는 불길 속에서, 나는 그녀가 나를 읽게 했다. 그녀는 내 안에서 자신을 읽었다. 그곳은 걸음마를 시작하기도 전, 사물들을 향해 손을 뻗기도 전 내가 살았던 곳,

내 영혼의 바닥층이었다.

기호들이 지나갔다. 내 사막의 모래를 밟으며 여유 있고 균형 잡힌 발걸음으로 지나가는 기호의 부족들이 있었다. 그들은 내 가슴 사이의 모래에 씨앗을 뿌렸고, 수백만의 통과의 흔적들이 폭력 없이, 미소처럼 물러갔다. 나는 세계의 드넓은 사다리 아래 사랑의 천진함처럼 몸을 뻗어 누웠다. 나는 자지 않았다. 잠 위로 몸을 뉘였을 뿐, 나는 깨어 있었다. 나는 헤엄치지 않았다. 삶의 발치에서, 머리는 꿈의 반석 위에 올린 채, 나는 귀를 기울였다.

아래에 있기 위해 다시 내려갈 필요는 없었다. 그곳에서는 오르락내리락하는 사유들의 가볍고 헤아릴 수 없이 많으며 몹시도 미세한 발걸음들이 울려 퍼진다. 나는 단순했고, 무한했고, 할 수 있었으니.

내 모든 생명의 힘을 집중시켜, 나는 발끝에서부터 관자놀이에 이르기까지 오직 하나의 귀, 아이-귀였다. 긴장하고 웅크린 채 나는 내 몸의 모든 작은 구멍들로 들었다. 지하에 살고 있는 바다의 숨결을, 내 모든 손바닥으로, 내 소라고둥 같은 등으로, 내 팔꿈치 안쪽 전류가 흐르는 핏줄로, 내 주의 깊은 가슴의 귀로 들었다. 시간의 발치에 몸을 뻗어 누운 채, 사물들의 배아가 박동하는 것을 기도하는 내 귀로 들었다. 나는 달이 떠오르는 소리를 들었고, 달이 구름의 숨결 속에서 박동하는 것을 들었고, 하늘의 뱃속에서 피가 넘실대는 것을 들었다. 나는 그 모든 것을 들었다. 세계의 사물들을 향한 내 모든 내면의 귀로 우리의 관심에서 가장 멀리 떨어진 것들을 들었고, 몸을 지닌 사물들이 발하는 빛을 향한 내 내밀한 태양들을 동원하여 우리의 걱정으로부터 가장 멀리 있는 것들을 들었다. 나는 바위 사이로 피가 고랑을 이루는 것을, 그 뜨거운 생명을 들었다. 내 식물성 귀, 내 바다의 귀로, 장기의 영靈이 움직이는 것을, 세계의 움직이는 중심에서 생명이 순환하는 것을, 먼 옛날 대지가 부드럽게 열리는 것을 들었다. 나는 빛의 발걸음 아래 모래가 굴러가는 것을 들었다. 내 태곳적 귀, 열렬히 사랑하는 귀로, 나는 사물들의 비밀이 만들어지는 것을, 탄생이 결정되는 것을, 탄생의 소리를 들었다. 번식을 위한 분리의 순간에 폭발하는 침묵이, 발생의 음악이 내게 다가왔다. 전능한 내면의 귀를 가진 나는 만남들을 목도했다. 그것은 은총의 순간, 필연의 순간, 반복되는 기적의 순간, 환대의 순간이었으니, 사물들은 서로에게 자신을 내주고, 서로의 안에서, 서로의 곁에서, 자리를, 메아리를, 통로를, 잇따름을 주었으며,

나는 내 귀가 열리고, 부풀어 오르고, 팽팽해지는 것을 들었고, 신뢰와 기대로 타오르는 영혼으로, 전체를 이루는 요소들이 서로를 부르는 것을, 전체들이 모이는 것을 들었고, 대지에서부터 빛에 이르기까지 식물들이 모여드는 것을 들었고, 사유들이 서로를 부르고, 한 걸음 한 걸음씩 길을 나서고, 한 단어 한 단어씩 서로 연결되고, 나아가고, 서로를 방해하는 일 없이 천천히 사유하도록 하는 것을 들었고, 씨앗에서 내 영적인 귀에 닿기까지, 나는 각각의 사물이 자신의 꽃잎을, 팔을, 연장을 바깥을 향해 뻗는 것을 들었고, 그 아침, 사물은 자신의 자리를 강렬하게 차지하고 있었고, 자기 자신에게 가장 가까이 있었으니, 내 모든 부르는 귀를 동원하여, 무의식적으로, 의식적으로,

나는 겸손의 모든 힘을 가졌고, 헤아릴 수 없이 많은 귀에서 주의력의 전능함을 가졌으니, 그것은 생을 구성하는 사물들을 민감하

게 감지한다. 겸손이 듣는다. 몹시도 겸허하게, 세계의 구球만큼이나 큰, 드넓은 지워짐 속에서. 침묵의 절대적인 부름이 들린다. 사물들-신은 자신을 내보이지 않았고, 숨기지 않았고, 그저 충만하게 존재했다. 그들의 존재는 반짝였다. 그들이 지나갔고, 나도 그들 곁을 겸손히 지나갔다. 나는 그 반짝임 아래 겸손히 머물렀다. 사유는 몸속에서 아래위로 숨 쉬는 영의 부름에 따라 오르락내리락했으며, 나는 그 사유의 발치에 몸을 뻗어 누웠다.

그것은 내가 수많은 이야기들을 쓰기 전, 책들을 쓰기 전, 글쓰기의 내부에서 글을 쓰던 때였다. 아! 그때 사물들은 빛나는 존재의 힘을 지니고 있었고, 내 존재는 그 안에 흠뻑 젖어 있었다. 나는 결코 사물들로부터 멀어지지 않았고, 거기에는 멀어짐이 존재하지 않았고, 우리 사이에는 이름들이 자리 잡을 수 있을 만큼의 미세하고 깊은 거리, 딱 그만큼의 거리만이 있었다. 그곳은 이름들이 우리에게 닿기 위해 지나가는 탄력적인 공간이었다. 그때 나는 '나' 속에 있었다. 그리고 '클라리시-나'는 그녀의 '나' 안에 있었다. 아마도 어려움은 없었을 것이다. 그때는 내가 길을 잃기 전이었다. 내가 아직 그 안에 살던 때 내면에 머무는 것은 가장 자연스러운 기쁨이었고, 모든 것이 정원이었으며, 나는 입구로 가는 길을 잃지 않았다. 그때 내가 클라리시를 들었다면, 나는 섬광처럼 한순간에 클라리시의 땅에 다다랐을 것이다. 클라리시는 우리를 전제로 하기 때문이다. 클라리시의 힘, 그녀의 생동하는 공간, 신선함과 따스함으로 충만한 그녀의 공간은 여자들을 전제로 하고, 원초적이고 온전한 우리, 모든 번역 이전의 살아 있는 우리를 전제로 하기 때문이다.

그러나 우리가 사물로부터 멀리 떨어져 있고, 서로에게서 그렇게

나 멀리, 우리 자신에게서도 너무나 멀리 떨어져 있는 이 연약한 망각의 시대에, 이 슬픈 망각의 시대에, 시선은 연약하고 짧아져서 사물들을 비껴가 떨어지고, 살아 있는 사물들로부터 멀리 떨어진 우리는 읽을 줄 모르고, 의미를 빛나게 할 줄도 모른다. 우리는 춥다. 우리의 영혼 주위로, 말과 순간들 주위로 싸늘한 바람이 불어오고, 우리의 귀는 얼어붙는다. 한 해에는 네 번의 겨울이 있고, 우리의 귀는 겨울잠에 든다. 우리는 번역을 요하게 된다.

왜냐하면 이 무기력의 시대, 귀 기울이는 법과 듣는 법을 잊어버린 시대에, 우리의 손은 얼음처럼 차가워지고, 두 팔은 굳어 버리기 때문이다. 우리는 곁에 있지 못한 채 침묵 속에 멈춰 있다. 우리는 사물들이 우리를 일곱 번 불러 주기를 요한다.* 어쩌면 그때조차 우리의 귀는 충분히 살아 있지 못해서, 용감하지 못해서, 우리를 부르는 소리를 들을 수 없을지도 모른다.

혹한의 10년간 나는 많은 저작들을 출판했지만 고독했고, 사람의 얼굴을 한 여자 하나 보지 못한 채 방황했다. 태양은 물러났고, 치명적인 추위가 들이닥쳤고, 진실은 저물어 버렸다. 나는 죽음을 앞두고 마지막 책을 집어 들었으니, 보라, 그것이 클라리시, 글쓰기였다. 나는 잠들지 않았지만 두 눈은 얼어붙어 있었고, 내 시선은 사물들에게 가닿지 않았다. 글쓰기가 나에게 다가왔다. 그녀가 일곱 개의 혀/언어로 차례차례 나에게 말을 걸었고, 나에게 이르기까지,

---

* 고대 히브리 성경에서 일곱을 뜻하는 '쉐바'와 맹세한다는 뜻의 '샤바'는 모두 '사바'로 기록되었고, 실제로 일곱이라는 숫자는 맹세한다는 뜻을 내재하곤 했다. 성경에서는 신의 의지(약속)가 완전수 7을 통해 현현(맹세)되는 경우가 잦으며, 이는 그 맹세가 신성하고 완전한 것임을 의미한다.

나의 부재를 지나 현존에 이르기까지, 그녀가 나에게 자신을 읽어 주었다. 그녀가 들어왔다. 그녀가 내 앞에 자리 잡았다.

나는 그녀의 얼굴을 보았다. 신이시여! 그녀가 나에게 얼굴을 보여 주었다. 나는 계시를 받았다. 그것은 얼굴이었다. 계시의 얼굴이었다. 밤의 어둠 속에서 그녀가 내 눈앞에 모습을 드러냈다. 한 얼굴의 옆모습이 내 눈과 심장을 사로잡았다. 한 번의 눈짓으로 밤을 열어젖혔다. 살짝 구릿빛이 도는 거무스레한 낯빛이었다. 그 강렬함은 빛보다도 강렬했다. 나는 두 눈을 감은 채로 그것을 응시했다. 그 얼굴의 거무스레한 광채가 나의 눈꺼풀을, 심장을 장악했다. 사로잡혀 굳어 버린 나의 왼손 위에서 얼굴은 서쪽을 향해 있었다. 고개를 숙인 채로. 무언가 일이 벌어졌다. 나는 보았다. 나에게 계시된 것이었다. 그것은 계시였다. 거무스레한 낯빛의 피부, 구릿빛으로 고정된 오렌지의 피부, 위엄 있는, 억제된 피부. 짙은 밤색의 두꺼운 눈썹, 그 조각 같은 곡선, 꽉 찬 그 눈썹. 사실 내가 그것을 바라본 것이 아니었다. 그것이 나에게 자신을 드러냈다. 그 두께에서부터 뾰족한 끝에 이르기까지. 은밀한 그 입술. 왼쪽으로 고정된 눈은 눈길을 내리깐 채 나를 바라보지 않았다. 작업이 시작되었다. 얼굴은 고개를 약간 숙이고 있었고, 거울은 보이지 않았다. 손도 보이지 않았고, 모든 것이 매우 빨랐다. 그것은 얼굴을 지우는 일이었다. 하지만 단순히 지우는 것이 아니었다. 그것은 화장을 지우는 일이 아니었다. 무언가 일이 벌어졌다. 글쓰기가 자신의 얼굴을 지우는 것이었다. 그 일은 극도로 빨리 일어났다. 첫 번째 눈썹이 신속하게 사라졌다. 내게는 비명을 지를 시간도 없었다. 그것은 가면을 벗는 일이 아니었다. 얼굴을, 전체 얼굴을 지우는 일이었다. 그녀가 자신의 얼굴 위에 뒀던 것, 그것은 얼굴이었다. 내가 본 것은 그녀가 그 얼굴을 벗겨 내는 것이었다. 목구멍에 비명이 차올랐다. 그녀는 너무 빨랐다. 나는 두 번째 얼굴을 보았다. 그것은 비-얼굴이었다. 눈썹이 없는, 어쩌면 눈도 없는. 놀라거나 비명을 지를 시간도 없었다. 그 과정은 너무 빠르게 진행되었기 때문이다. 그녀는 비-얼굴의 얼굴을 지웠다. 세 번째 얼굴은 창백하되 거무스름했고, 눈썹은 덜 풍성하되 더 날카로웠고, 두 눈은 대상을 관찰하는 데 몰두하고 있었다. 동작이 너무나도 신속했기에 나는 벌어지고 있는 일을 볼 수 없었다. 나는 나에게 의미를 계시하려고 얼굴이 제 얼굴을 스스로 지우는 것을 보았다. 얼굴의 진실이 제 모든 얼굴들을 동원해 내 얼굴을 꿰뚫어 보았다. 나는 내가 이해하고 있다는 것을 알았다. 얼굴은 나를 위해 자신을 드러냈다. 지움이 그토록 빨랐던 것은 그래서였다. 중요한 것은 세심함도, 기교를 보여 주는 것도 아니었기 때문이다. 나에게 보여 주려 한 본질은 얼굴이 얼굴이 되기까지 거쳐 가는 모든 얼굴들이었다. 그 수는 무한했다. 얼굴은 다른 얼굴들로 교체되었고, 그 잇따름이 나를 뒤흔들었고, 나를 사로잡았고, 변할 수 있는 자신의 능력을 나에게 펼쳐 보였고, 나를 놓아주었다. 그러나 그것의 끝없는 요구가, 그뿐만 아니라 하나의 고통이, 나를 붙잡고 놓아 주지 않았다. 그것의 이빨이 내 심장의 목구멍을 물어뜯었다. 그걸로 충분해! 하지만 충분하지 않았다. 얼굴의 속도가 내 영혼을 전복시켰고, 영혼은 내 머리에서부터 사다리 아래로 굴러떨어졌다. 추락하면서 나는 두 눈을 다쳤고, 고통은 그것이 다할 때까지 사라지지 않았다. 얼굴을 지우는 일은 계속될 것 같았고, 실제로도 계속되었을 것이다. 꼭 필요한 일이 아니었음에도. 나는 내가 본 것을 보았다. 나는 목격했다. 얼굴의 분석이 나를 뒤쫓고 그 자신을 뒤쫓는다. 나는 글쓰기가 제 이목구비의 진실을, 억수같이 쏟아지는 그 가변성을 드러낼 때의 신성한 가혹함을 경험했다. 내가 그 순간을 책으로 쓰기 위해서는 10년의 시간이 필요할 것이다. 10년 동안 그 얼굴을 한순간도 놓치지 않아야 할 것이다.

나를 완전히 사로잡았던 것, 그것은 무無였다. 그것은 선물le don이었다. 선물은 즉각 받아들여졌다. 그녀는 내게 얼굴을 보여 주었다. 나는 얼굴을 보았고, 얼굴을 보는 눈을 갖게 되었다. 그러자 그녀가 내게는 낯설어져 버린 과일을 보여 주었고, 나는 그녀로부터 과일을 보는 눈을 돌려받았다. 그녀는 촉촉하고 부드러운 목소리로 그것을 읽어 주었고, 그것의 이름을 불렀다. **라란자**, 그녀는 그것을 번역하여 나의 혀에 닿게 했고, 나는 잃어버린 오렌지의 맛을 되찾았다. 오렌지를 다시 이해하게 되었다.

오렌지가 살아가기 위해서는 우리 인간의 온기가 필요하다. 생명을, 사물들이 품은 기억을, 사물들을 품고 있으며 그 신선함을 지켜 주는 기억을 우리에게 건네 주는 타오르는 마른 손이 필요하다. 우리를 불러 주는 촉촉한 목소리가 목 안의 갈증으로 죽어 가는 우리 영혼을 살려 주는 일이 필요하다.

그 네 번의 겨울에 나는 몹시도 추웠고, 그 무엇도 나를 덥히지 못했다. 나는 내면의 추위로 죽어 가고 있었다. 나는 귀먹었고, 바깥을 향한 귀는 황폐했으며, 더 이상 들려오는 목소리도 없었다. 나는 한 숟가락의 따스함을, 한 모금의 생명을 구걸했다. 나는 꼭 필요한 것들을 향한 허기로 죽어 가고 있었다. 친구들이여, 오렌지들은 어디에 있는가? 이 무기력의 시대에 오렌지는 돌로 변해 망각 속에 빠졌다. 이제 손들은 과일과의 만남을 위해 나아가지 않고, 여자들은 여자들의 손을 향해 손을 뻗지 않으며, 우리의 손은 고독으로 죽어 간다. 우리가 텅 빈 방에 앉아 생명 없이 살아가고 있을 때, 모든 것은 잊히고 여자들은 죽음 같은 추위 속에 있게 된다. 잊힌 채로. 이따금 구걸하는 자가 되어.

나는 절박하게 구걸했다. **네 접시를 줘.** 나는 입안에서 얼어붙은 말로 말했다. 양배추 수프로 몸을 데우려고? 접시에 담긴 잘게 썬 양배추 조각들이 금세 식어 가는 것을 보며 영혼을 구하려고? 나는 양배추 조각들을 매우 가까이에서 바라보았고, 기억해 내려 애썼다. 무슨 소용이 있을까? 여자는 살기 위해 여자들이 필요하다. 내 바깥쪽 영혼은 완전히 얼어붙어 있었다. 추위의 비극이었다. 여자는 따스한 손길을 원하고, 따스함을 주기를 원한다. 수프는 따뜻함을 오래 유지하지 못한다. 우리는 사랑하기를 원하고, 사랑을 원한다. 우리는 생에 관심을 기울이는 여자들 없이는 살 수 없다. **"수프는 나를 구원할 수 없어."** 내가 말한다. **"너의 온기를 줘. 네 몸의 타오르는 따스함을 줘. 추위로 얼어 죽지 않으려면 그게 필요해."** 우리는 수프 몇 접시로 허기를 달랠 수 없고, 먹는 것으로는 영혼을 데울 수 없다. 생명을 지키기 위해서는, 여자들이 우리 곁에 가까이 살아 있다는 느낌이 필요하다.

클라리시는 따뜻하고 신선한 모든 이름으로 삶을 부를 수 있는 여자의 이름이다. 그리고 삶이 온다. 그녀가 "내가 있어je suis"라고 말한다. 그러면 그 순간 클라리시가 존재하게 된다. 클라리시는 자신에게 존재를 부여하는 그 순간 온전히 존재한다. 생동하면서, 한계 없이 무한히 존재한다. 내가 "클라리시"라고 말할 때, 나는 당신들에게 단순히 한 사람에 대해 말하는 것이 아니다. 그것은 클라리시라는 기쁨, 두려움, 두려운 기쁨을 부르는 것이다. 당신들에게 이 기쁨을 말하고, 이 두려움과 두려움 안에 있는 기쁨을 주기 위해.

　─기쁨이 누구인지, 어디에 있는지 안다는 것, 그녀의 비-얼굴, 천둥 같은 움직임, 거의 움직임 없는 그 움직임을 안다는 것. 기쁨의 두려움?

　클라리시라는 기쁨, 혹은 g h, 혹은 I, 혹은 안나라는 기쁨, 그것을 만나는 행운─기쁨의 여동생─을 얻는다는 것. 그날 이후로 기쁨 **속에서**, 그녀의 무한히 넓은 품속에서, 건조하고 따스하며 부드럽고 가녀린 그녀의 우주적인 품속에서 살게 된다는 것. 그것은 지나치게 큰 행운일까?

　그녀는 나를 지켜 준다. 그녀의 품속에 있다는 것. 여러 날과 여러 날, 그리고 여름밤 동안 그녀의 공간 속에 있다는 것. 그리고 그날 이후로 나 자신의 약간 위쪽에서, 열에 들뜬 채 정지 상태의 긴장감 속에서, 내적 질주 속에서 산다는 것.

　─마치 내가 그녀로부터 도망쳤던 것처럼? 그러나 내가 정말로 그녀로부터 도망치는 것은 아니다. 마치 내가 그녀를 시험했던 것처럼, 새로운 부름을 위해 내 앞의 공간을 파냈을 뿐인 것처럼. 그녀가 나를 부르도록 하기 위해 내가 그녀를 불렀던 것처럼. 그녀가 거기 없어서가 아니라, 그녀가 오고 또 오고 다시 한번 처음처럼 오도록 불렀던 것처럼,

　사랑에 빠져 사랑을 나누면서도 밤낮으로 도망치는 여자처럼, 나는 그녀의 품속에 있으면서도 망각이라는 척도로 그녀를 재고 시험

하려는 듯이 군다. 그러나 망각은 지구 반대편에서부터 그녀에게로 나를 데려가기도 한다.

그럼에도 두려운가? 그것은 열렬한 사랑 속에 자리한 두려움, 열렬히 사랑하는 것에 대한 두려움인가?

그녀와의 만남 이후 무슨 일이 벌어졌는가? 나는 나 자신이 그녀에게서 뜯겨 나가도록 가만히 내버려두었다(하지만 거기 그녀가 있다는 것을 알았고, 어디서 그녀를 다시 찾을지도 알았다). 나는 그녀로부터 멀리 떨어진 채, 나 자신으로부터도 멀리 떨어진 채, 나를 부르도록 내버려두었다. 나는 멀어졌다. 그녀와 나 사이에 거대한 분리가 자리 잡도록 내버려두었다. 그 분리는 거대하고 현대적이었고, 방벽을 친 몹시 높다란 건물들과 넘쳐나는 군중으로 인해 그 밀도와 폭력이 배가되었다.

나는 군중이 그녀와 나를 이어 주는 사막을 점령하도록 내버려두었다. 민중이 아니라 군중이었다. 현대적 꼭두각시들로 가득한 나라,

내가 그녀를 잊은 것은 아니었다. 내가 한 것은, 그녀의 마지막 발자국에서부터 내 갈비뼈에 이르기까지 뻗은 무한히 드넓은 사유를 망각이 점령하도록 내버려둔 것이었다,

내가 그녀를 놓아 버린 것은 아니었다. 내가 한 것은, 그녀가 추락하고 가라앉는 것을 막기 위한 어떤 몸짓도 취하지 않은 것, 그녀를 붙잡지 않은 것이었다.

나는 그녀를 잃어버릴 위험을 감수하지 않았다. 그녀가 사라지도록 내버려둘 위험을 감수하지 않았다.

나는 고통도, 위험도, 두려움도 감수하지 않았다. 나는 아무것도

감수하지 않았다. 감수할 것이 없었다.

나는 받아들였다.

일어날 수 있었던 모든 것들을. 일어날 수 있는 모든 것들을. 나는 받아들였다. **나는 받아들인다**Eu aceito.

나는 그녀를 향해 어떤 욕망도, 어떤 올가미도, 어떤 두려움도 던지지 않았다.

나는 그녀를 멈춰 세우지 않았다. 나는 그녀에게 내 페르소나 중 어떤 것도 내세우지 않았다

나는 그녀를 향해 기도를 바치지 않았다. 나는 이미 그녀를 만나지 않았던가?

더 이상 그녀에게 구할 것은 없었다.

* * *

그녀는 떠나 버릴 수도 있었다. 희미해질 수도, 창백해질 수도 있었다. 나는 두렵지 않았다. 그것은 불가능한 일이 아니었다. 내게는 그녀가 떠나 버리는 것, 창백해지는 것, 꺼져 버리는 것을 막을 욕망이 없었다. 일어날 수 있었던 일, 나와 그녀에게 일어날 수 있었던 일에 맞서고 싶은 욕망이 없었다. 그녀는 떠나 버릴 수도 있었다. 그녀가 더 이상 나에게 다가오지 않는 것, 그것은 불가능한 일이 아니었다.

나는 일어날 수 있는 일이 일어나는 것을 막기 위한 그 어떤 일도 하지 않을 것이다. 왜냐하면, 그녀가 나에게 다가왔으니까. 생명의 생명으로, 생명이 지닌 절대적이고도 충분한 찬란함으로, 그 진실

함과 자연스러움으로.

그녀가-될-수-있는-모든-존재로, 모든 가능성을 잉태한 충만함으로.

그것은 모든 것을 포함하고, 아무것도 배제하지 않고, 죽음까지도 포함한다.

그리고 나는 그녀를 만났다. 내가 그녀를 만날 수 있었던 방식으로. 나의 모든 가능성 속에서.

그녀는 완전함과 함께 나에게 다가왔다. 그녀의 완전함은 그녀가 자유롭다는 것, 자기 안에서 그 같은 영혼의 성장을 달성해 냈다는 것, 자신의 내면에 도달했다는 것, 자신의 삶-존재에 대한 몹시도 깊은 이해에 도달했다는 것에 있다. 이는 그녀가 단지 하나의 장소가 아닌 곳, 하나의 지역 이상인 곳, 생이라는 것의 내적 대지, 그 무한히 확장할 수 있는 공간 속 저 깊은 곳까지 도달했음을 의미한다. 그러한 존재의 상태에서 무르익음은 연장, 지속, 생명의 생명을 자신의 한계 너머로 이어지게 하고, 생명의 생명을 현실적으로, 영적으로, 물질적으로 자라나게 하며, 비옥함이 사유의 강물에 의해 풍요롭게 적셔져 생명의 내적 몸체가 자라나고, 생명의 생명이 생명 자체, 위대한 어머니 생명에 합류하는 깊이에까지 이르게 되니,

그녀는 자신의 완전함 속에서 나에게 다가왔다. 그녀의 완전함은 그녀 존재의 피부다. 전적으로 내면적인 존재의 피부. 그녀의 존재는 그녀의 내면을 투명하게 비추는 이 완전함 속에 감싸여 있다. 그것은 보이지 않지만 느낄 수 있다. 그녀의 존재는 통상적인 시선으로는 지각할 수 없는 완전함의 내부에 있다. 그 내면성이 발산하는 아우라에 감싸여 있다. 진입해 들어가려고 하지 않는 눈, 숨 쉬는 눈

이라면 그것을 온전히 지각할 수 있다. 그 깊은 내면성의 향기를 코로는 맡을 수 없지만, 시선으로 가두려 하지 않는 눈은 그 향기에 흠뻑 취하게 된다.

너무 강한 빛으로부터 우리 눈을 보호하기 위하여 내면의 불길 위로 드리워진 투명한 눈꺼풀처럼. 그녀가 바라본 모든 것은 진리의 불꽃이 되었다.

나는 그녀에게 아무것도 묻지 않았다. 왜냐하면 질문은 한계를 긋기 때문이다. 나는 이 무한한 선물을 제한하고 싶지 않았다.

나는 그녀를 느꼈다.

나는 떠나고 싶지 않았다. 그러나 머물기 위해서 할 수 있는 모든 일을 하지도 않았다.

나는 거리가 나를 휩쓸어 가도록 내버려두었다.

두려움? 그럴지도 모른다. 기쁨과 같이 고양된 두려움. 기쁨 안에 있는 두려움. 겁 없는 두려움. 오로지 기쁨의 떨림만이 있는 두려움.

나는 삶의 비-얼굴을 응시했고, 그것을 알아보았다.

나는 삶의 목소리를 들었고, 내 심장 속에서 삶의 목소리가 내는 단어 하나하나를 울었다. 나는 기쁨의 눈물처럼 그것을 울었다,

내가 희망과 절망 속에서, 희망 없는 절망 속에서 찾아 헤맸던 그녀, 그녀를 나는 만났다. 하지만 그 이후에는?

나는 그녀를 떠나지 않았다. 나는 그녀로부터 도망치지 않았다. 나는 그녀와 씨름했다. 기쁨 속에서 기쁨에 맞서며 나는 그녀와 씨름했고, 그렇게 씨름하면서 나는 그녀와 함께 나 자신에 맞서 싸우고 있었다. 나는 외치지 않았다. 나를 이겨 보라고, 나를 쓰러뜨려 보라고!

그것조차 나는 하지 않았다.

***

나는 클라리시에 대해 말하고 싶지 않다. 나는 그녀에 대해 말하는 대신 그녀의 글쓰기를 듣고 싶다. 그녀의 글쓰기의 발걸음이 내는 긴장되고 촉촉하며 고요한 음악을 나의 신경으로 듣고 싶고, 고대 천사의 발걸음으로 글쓰기의 사다리를 오르내리는 그녀의 사유를 눈꺼풀을 내리깐 나의 두 귀로 듣고 싶다. 나는 내 친구들에게 클라리시를, 클라리시-예술을 발산하고 싶다. 그녀의 향기를, 아이리스l'iris를 뿜어 내고 싶고, 그녀의 시선-향기를 발산하고 싶다. 바라보지 않는 그녀의 시선, 자신의 발산을 사물들의 빛나는 음악과 조화를 이루게 하는 시선, 클리리스cliris를.

나는 그녀가 자신의 기원을 응시할 때 그녀의 사유가 내보내는 내면의 음악을 들었다. 나는 그녀 사유의 맛을 들었다. 사유가 생의 깊숙한 곳, 대지 아래, 글쓰기 아래에서 느리게 펼쳐지는 그 순간 자아내는 맛을. 뿌리 가까이에 있는 사유의 줄기들이 자아내는 오래되고도 젊은 맛이 나의 귀에 전해졌다. 나는 그녀의 목소리를 따라 올라가며 라임의 감미로움과 패션프루트의 톡 쏘는 맛에 이르렀다.

나는 현재의-글쓰기가 지닌 새콤하고도 진정시키는 풍미를, 순간의 기원, 시간의 이전, 영원의 바로 곁에서 글을 쓰는 여자의 은은하지만 도취시키는 맛을, 절실하게 당신과 나누고 싶다. 그것이 그녀로부터 내게 도착한 선물의 모든 힘보다도 더 큰 힘이기 때문이다. 그것은 맹렬한 선물, 참을 수 없는 기쁨과 움직이며 횡단하는 기뿜의 선물이다. 그것은 자신의 넘실거리는 강물을 밀어 주고, 넘겨 주고, 전달하고자 하고, 느끼게 하고자 한다. 똑같이 부드럽고 신성한 흙으로 빚어진 모든 여자들에게.

나는 한 여자에게 살아 있는 사과를 빚지고 있다. 기쁨-사과 한 알을. 나는 한 여자에게 작품-사과 한 알을 빚지고 있다. 나는 한 여자의 자연/본성에 하나의 탄생을 빚지고 있다. 그리고 사과들의 책을. 그리고 **여자들에게**. 나는 빚지고 있다. 많은 여자들에게 주어진 사과 한 알, 그것의 신비를 사랑하는 법을. 이 사과의 이야기와 다른 모든 사과들의 이야기를. 젊은, 살아 있는, 글로 쓰이는, 기다려지는, 알려지는, 새로운 사과들을. 양육하는nourricières 사과들을. 우리들nous을. 나는 달걀의 아름다움에 대한 앎을 클라리시에게 빚지고 있다. 나는 당신들에게 달걀의 부활을 빚지고 있다. 그것의 아우라를. 사과의 교훈, 평화의 교훈을. 혀 위에 놓인 말의 새콤한 맛을. 다양한 껍질들의 백 가지 맛을. 혀 위에서 달콤한 존재의 새콤한 사과가, 애플, 압펠apfel*, 아펠appel**을 부른다…

나는 "클라리시"라고 말할 수 있었으면 싶다. 그리고 클라리시가 당신들 역시 불렀으면 싶다. 그녀가 말하고자 하는 바를 당신들에게 말했으면 싶다.

나는 당신들에게 클라리시를 말하고 싶다. 클라리시Clarice를 그

---

* apfel은 독일어로 사과를 의미한다.
** appel은 프랑스어로 부름을 의미한다.

녀의 영향 아래에서 클라리시하게claricement 말하고 싶다. 당신들에게 "클라리시!"라고 상기시키고 싶다.

이것은 일으켜 세움의 문제다. 내가 클라리시라고 부르는 모든 것을 당신들에게 말하는 문제다. 클라리시라고 불리는 모든 것을. 그리고 당신들 역시 자신을 클라리시라고 부를 수 있기를 바란다.

클라리시가 상기시킨다. 그녀가 우리에게 상기시킨다. 그녀는 하나의 힘이다. 부드러운 여성-힘, 부드러운 힘들로 이루어진 폭풍 같으며, 음악처럼 복합적이고도 조화로운 힘. 별들의 광대한 움직임, 달이 이끄는 별들의 급류. 몹시도 부드러운 강함으로 주는 힘. 그녀는 넘치도록 풍요로워서 늘 두 배로 준다. 그녀는 그녀가 주는 모든 것을 고스란히 주니, 그녀는 별들의 행렬과 생명을 지닌 존재들로 가득한 박물관을, 존재의 순간들과 찰나들, 표현을 위한 장들을, 세계들을, 그리고 무한한 사랑의 직물인 세계들을 위한 장소를 주고, 그녀가 눈을 여는 방식은 그 세계들에 찬란하고 환대하는, 기적적으로 민감한 공간을 내준다. 그녀는 우리에게 사물들을 주고, 사물들에게는 그녀의 시선이 닿는 환대의 땅을 준다. 그리고 이 땅으로부터 사물들은 빛을 발하고, 자라나고, 일어선다, 그토록 솔직하고 당당하게. 동시에 사물들은 그들의 기원을 상기시키고, 땅, 시선, 눈에 대해, 그들에게 생명을 주길 원한 영혼에 대해 사유하게 한다. 사물들은 무無로부터 그토록 멀리 벗어나 빛나면서, 자신들이 어디서 부름을 받았는지 우리에게 상기시켜 준다. 그러고는 빛의 도약으로 공중으로 솟아오른다.

그 순간, 우리가 그것들을 받을 때, 사물들은 우리 눈의 심장부에,

우리 귀의 심장부에 닿으며, 너무도 강한 부드러움과 몹시도 깊이 스며드는 강력한 설득력으로 우리에게 주어진다. 우리가 얼마나 약하건, 지쳐 있건, 방심 상태이건, 의기소침하건, 낙담했건 간에, 그날 아침 하늘이 얼마나 어둡고 그 시대가 얼마나 겨울 같든 간에. 이 선사의 순간 사물들은 우리를 찾아오며, 우리에게 능력과 힘과 자신감과 욕구를 준다. 사물들이 우리를 차지하고, 우리를 돌보고, 우리 안에 자리 잡을 수 있도록. 상냥하게 다가와 우리 안 저 깊은 곳에 이르도록.

그리하여 클라리시는 전설처럼 또는 그림처럼 매혹적인 사물들을 사랑할 수 있도록 우리에게 넘치도록 준다. 책의 시간을 따라서, 길들여지거나 야생인 사물들의 모듬을, 생물 아니면 무생물이지만 실제로는 모두 살아 있는 것들을. 그와 더불어 우리는 받음을 통해 그 주는 힘 자체를, 그 아름다움과 마법을 사랑하게 된다. 그녀는 풍성함을 준다. 그 풍성함의 각 요소는 기적적으로 세심하게 모이고 구분되며, 배제 없이 절대적으로 선택된다. 그리하여 우리는 상기하게 되는 것이다. 난초에는 만오천 종이 있으며 각각 정확하게 저마다의 진귀함을 지니고 있다는 사실을.

클라리시는 난초의 힘을 지니고 있다. 그녀가 존재들을 구원하는 방식에는 만오천 종의 사랑이 있다. 클라리시. 샘물과 같은 영혼. 기억. 황홀할 만큼 정확한 살아 있는 기록. 기억의 필터. 그녀를 한 모금 들이키면 우리는 유년의 미덕들을 돌려받게 된다. 자그마한 몸, 무지함, 끝없는 허기, 목마른 조바심, 발을 구르게 되는 조급함, 다가가고 배우고 싶어 하는 거의 분노에 가까운 초조함, 무한의 광대함을 감지할 때의 현기증, 그 광대함 앞에서 긴급해하는 미친 사유의 열정, 높이와 깊이, 양과 다양성, 거의 경악과도 같은 경탄, 사물들은 얼마나 거대한가, 우리 앞에서, 우리 밖에서, 저토록 찬란하게, 그리하여 모든 것이 올라야 할 산이고, 모든 것이 약속이자 고뇌이니, 사물들은 얼마나 매력적인가, 그들이 저 높은 곳을 지나갈 때 그 꽃-미소가 우리 심장을 사로잡으니, 우리 이방인들이여! 우리는 얼마나 사물들을 좇아 가는가, 우리는 사물들을 향해 맹렬하게 나아가고, 우리의 삶은 전부 손이고, 경배의 격정이니, 우리 열망하는 자들이여! 사물들은 얼마나 높이 있으면서도 거의 닿을 듯한가, 모든 것은 피라미드이고, 우리가 아직 언어의 가장자리에 있을 때는 헤엄치는 법을 배워야 하고, 우리는 사물들이 노래하는 것을 들으니, 모든 것은 상형문자이고, 그러나 우리는 아직 읽을 줄을 모르고, 책이 생겨나기 전 이천 년 동안 모든 것이 글로 쓰였기에, 우리는 사물들이 우리의 귀 위에서 거의 들릴 듯 말하는 것을 느끼고, 우리의 영혼은 타오르는 의심과 확신으로 가득하고, 우리는 이름들을 모르고, 사물들은 언어의 반대편에서 나타나 미끄러지고, 사물들과 우리 사이에는 오로지 이 강물만이 있으니, 사물들의 미소와 우리의 목구멍 사이에는, 사물들과 필멸하는 자들 사이에는, 사물들과 우리의 심장 사이에는, 가로질러야 할 진동하는 이 공허만이 있으니, 사물들은 얼마나 낯설고도 가까운가, 우리는 아직도 그것에 이름 붙일 줄 모르지만, 그럼에도 우리는 그것들을 부르니, 우리의 피는 모두 부름이고, 우리의 피부는 곧 기도이며, 우리의 숨결은 곧 호소이다.

그리고 우리가 그들의 이름을 알기 전 그들을 부르는 방식에서,

그들을 앞질러 사랑하는 방식에서, 그들을 이미 사랑으로 부르는 방식에서, 그리고 그들이 우리 앞을 지나가는 방식에서, 서두르지 않고, 우리에게 시간을 주며, 변하지는 않지만 거의 감지할 수 없을 만큼 조금 호흡의 속도를 늦추면서 부드럽게 우리를 기다려 주는 방식에서, 우리는 모든 과학에 앞서 깨닫게 된다. 우리가 아직 너무 작아서 영혼의 크기가 몸을 능가할 때, 상냥하게 다가오는 모든 것들이 여성이라는 종에 속한다는 것을.

우리가 아직 만남의 정원을 상실하지 않았을 때, 모든 상실과 모든 습관과 모든 만족 이전을 살고 있을 때, 기억의 열림 앞에 말없이 침묵하며 모든 추억-망각 이전, 모든 분류와 숫자, 계산, 후퇴, 과거 이전을 살고 있을 때, 각각 똑같이 사랑스럽고 각별하며 말을 걸어 올 줄 아는 사물들을 마주하며 살고 있을 때, 우리가 근원이 준 선물들, 아무 생각 없이 누렸던 풍요들, 아직 발견되지 않은 순수하고 생동하는 선물들을 잃지 않았을 때, 행복을 사유하기 이전에 이미 행복하고, 가치를 사유하기 이전에 이미 부유하며, 모든 소유 이전의 풍요로움을, 무지와 가난이라는 지참금을 누릴 때, 우리 앞에 서 있는 모든 것들, 다가오는 모든 것들, 빛을 발하며 머물러 있는 것들, 미소 짓는 것들로 풍요로울 때, 우리는 존재의 정원에 머무르고, 그곳에 있는 모든 식물들은 우리의 허기에 응답한다. 그리고 우리는 각각의 사물들 앞에서, 사물들의 문 앞에서, 꽃의 얼굴 하나하나 앞에서, 열매, 풀, 채소 더미 앞에서, 요소와 전체 앞에서 기어오르고 방황하니, 우리는 마법의 시장에 있는 오렌지의 산들 앞에서 기어 다니고, 둥근 오렌지의 바위 하나하나를 맴돌며, 하나씩 불러낸다. 돌 하나하나, 산 하나하나, 오렌지 하나하나, 식물의 돌 하나하나,

하늘의 과일 하나하나를, 그리고 별의 더미 앞에서 알을 품고, 각각 얼굴을 지닌 꽃 앞에서 심긴 채, 우리는 사물에게 우리를 열어 주고, 그들을 기다리고, 정원의 양탄자 위에서 따온 말들로, 우리가 이름을 모르는 단어들의 꽃다발로, 그들이 부름 받았다고 느끼도록 모든 노력을 기울이니, 우리는 시선으로 그들에게 물을 주고, 그들을 품고, 그들의 색을 읽어 내고, 그들 형상의 흐름을 따라가고, 우리 눈의 가벼운 손가락으로, 우리 귀의 가벼운 입술로, 꽃의 개화와 낙화를, 대지에 흩어지는 씨앗을 맛보며, 그리하여 하나하나 감동한 사물들은 우리를 향해 다가온다.

그리고 사물들이 가슴을 통해 정원에 들어가는 방식에서, 심장과의 만남을 위해 몹시도 부드럽고도 강하게 나아가는 방식에서, 돌아서는 일 없이 정원 깊은 곳에 서서 심장을 마주하는 방식에서, 우리는 사물들이 여자임을 느낀다. 그리고 우리가 사랑에 관한 모든 개념에 앞서 사물 하나하나를 심장의 가장 가까운 곳에서 사랑하고 있음을 느낀다, 사물들을 아는 것, 그것이 곧 삶이다.

사물들의 빛 속에서 모든 것을 배우기. 방황하고, 사랑하고, 기어가고, 사유하기. 사물들의 드넓은 내밀함 속에서, 그것들의 성장 속에서 자라나기. 내밀한 바깥에서 거주하기. 장미가 마음의 정원에서 자라나게 하기. 사는 법을 알아 나가기. 공간을 이해하기. 어찌하여 모든 하늘이 내면인지 이해하기. 심장을 따라가기. 나뭇가지 끝에 앉은 새처럼 공간이 도약임을 이해하기. 가슴 속에는 사유가 햇빛 아래에서 만들어 내는 느린 공간들과 눈부신 빠른 공간들이 있고, 시선은 사물들을 모두 감싸고 있으니, 정원이 되기. 그리고 깨어 있기. 흙과 뿌리들이 되기. 그렇게 모든 것을 기다리고 모든 것의 기다림이 되기. 돌의 휴식이 되기. 3월의 첫날을 앞둔 크로커스 꽃의 조급함이 되기. 별들 주위 저 높은 곳에 있는 땅의 검푸른 진동이 되기. 그 거대함의 작음을, 작음의 거대함을 이해하기. 우리가 공간만큼 거대한 심장을 가질 때, 그리고 모든 공간이 무엇보다도 음악이고 사물들의 숨결일 때, 모든 연장이 울려 퍼지니, 우리의 심장이 귀를 기울일 때, 그리고 우리가 다른 삶을 들을 때, 모든 것이 부르고, 떨리고, 북소리처럼 울리고, 그리고 우리는 여기, 저기, 대기의 저편에 있는 오솔길을 지나며 사물들이 서로를 부르는 것을 들으니, 우리가 부를 수 있도록, 잊지 않을 수 있도록, 사물들은 제 이름을 말해 주고 건네 준다. 그들의 도래의 이름을. 그들의-현전의-이름을. 그들의 얼굴-이름을. 그것이 없으면 사물들은 나타나지 않는다. 현전으로 충만한 그들의 이름. 살아 있고, 무게가 있으며, 들을 수 있는 그들의 이름.

하지만 우리는 너무 자주 망각한다. 우리는 더는 부를 줄 모른다. 우리는 침묵을 말한다. 우리의 혀는 숨 쉬지 못한다. 이름들이 사라져 간다. 그 어둠 속에서, 사물들은 더는 지나가지 않는다. 우리의 혀는 황폐해진다. 우리는 더 이상 그곳에서 살지 않는다. 우리는 우리 자신을 망각한다. 모든 정원은 유령이 된다. 우리는, 너무나도 자주, 오렌지를 부르는 이름, 새콤하고 맛있는 오렌지의 진짜 이름을 잊어버린다. 오렌지는 고통받고, 종 전체가 시들어 가고, 사라진다. 또한 우리 역시 어둠 속에서 과일 없이, 잊힌 것들의 흔적도 없이, 건조해지고, 우리 혀/언어는 바싹 마른다.

창백한 오렌지 하나가 도시 저편 심장의 꼭대기 위로 떠오르고, 나는 그것의 이름을 어떻게 불러야 할지 더 이상 기억하지 못한다.

그것이 지나가며 자신의 이름을 부르지만, 나는 그것을 듣지 못한다. 간신히 그것이 오렌지임을 알아차리고 '오-!'라고 그것을 부를 틈도 없이, 짙은 회색 군복을 입은 구름의 무리가 그것을 에워싸고, 아마도, 때려눕혀 버린다. 다시 베일이 덮이기 전, 살아 있는 오렌지에 제때 도달하기 위해서 잊지 말아야 할 모든 것: 부유함, 가난함, 기회, 가능성, 위험, 삶의 조건, 대가, 과일 하나하나의 대가, 사과의 자유의 대가, 여자들의 향유의 대가. 노동.

단 한 번, 사랑하는 입술 위에 미소가 반짝이게 하려면, 영원에서 가져온 한순간의 반짝임과 닮은 클라리시 미소를 떠오르게 하려면, "진실로 나는 보았노라!"고 외칠 수 있을 때까지, 참되게 보는 법을 배워야 한다. 보고, 그 아래를 보고, 저 위를 보는 법을 배워야 한다. 몸서리치는 노력으로 엄격히 단련하여, 두 눈에 그 노동의 결실을, 진실한-봄에 걸맞은 시선을 지녀야 한다. 그것은 베일을 벗겨 내는 봄, 클라리시적 봄이다. 도시들, 파사드, 방벽을 뒤덮은 프레임과 천을 통과하는 봄, 도시들을 지우고 감추며 그것을 도시의-겉모습, 가짜 도시, 돌로 쌓은 건축물의 시스템으로 번역해 놓는 이미지와 휘장들을 통과하는 봄. 이러한 봄은 도시의 내밀함 속으로 들어가고, 눈을 감지 않은 채 숨겨진 구역으로 이끄는 길을 따라서, 간다, 병원과 경찰서 앞을 지나, 저 내장 속으로, 숨겨진 구역들 뒤편에 숨겨진 비밀의 구역들 가까이로, 조금씩 조금씩 도달하여, 간다, 나아간다, 도시의 비밀들의 방향으로, 그리고 모르지 않는다, 도시의 가장 숨겨진 벽 뒤에 도시의 진리—도시가 우리에게 약속하고, 예비하고, 예정해 둔 행복과 고통—가 숨겨져 있음을, 그리하여 간다, 금으로 만든 벽과 은으로 만든 벽, 종이와 무관심으로 만든 벽을 넘어, 납과

거짓의 벽을 통과하여, 궁극의 문 앞에 도달하여, 들어간다.

왜냐하면 우리가 '도시'라고 부르는 것이 무엇인지, 하나의 도시가 우리가 살아가도록, 도주하도록, 회피하도록, 감수하도록, 복구하도록 주는 것이 무엇인지 알아야만 하고, 도시의 진실을, 삶과 죽음에서 도시가 갖는 가치를 발견해야 하기 때문이다. 노예적 굴종에서, 인간성에서 도시가 갖는 가치를 발견해야 하기 때문이다. 도시를 그 심장부와 무덤에 이르기까지 볼 수 있는 시선이 필요하다. 겉보기에 좋은 사물들과 진정으로 좋은 사물들, 필요한 것과 불필요한 것의 인간적 대가를 알아야만 한다. 하나의 도시, 하나의 집, 하나의 거실이 얼마나 많은 죽음을 대가로 치르는지 알아야만 한다. 누가 대가를 치르는가? 누가 우리의 비용을 계산하는가? 우리의 저축을? 우리의 망각을? 우리의 상실을? 우리는 시간을 어떻게 인간적으로 살아갈 수 있는지 배워야 한다. 생명이 자라나고 스스로를 인간적으로 사유하기 위해서는, 충분히 천천히 행동하고 충분히 깊이 숨 쉴 줄 알아야만 한다. 사유의 느린 계절을 따라 살 수 있어야만 한다. 단 한 번, 참된 어루만짐으로, 살아 있는 손을 만지기 위해서는.

잊지 말아야 할 것들, 알기를 거부하지 말아야 할 것들, 기억 속에 상처로 간직해야 할 모든 것들: 죽음, 살육, 무관심. 생명으로 충만한 한 알의 오렌지 앞에 살아 있는 채로 도달하기 위해서, 우리는 600만 구의 시체, 3천 개의 핵탄두를 생각할 수 있어야 한다. 10억 명의 사슬에 묶인 이들을, 10억 명의 벽에 갇힌 이들을 잊지 말아야 한다. 하나의 미소가 지닌 세계적인 힘을 측정하기 위해서는. 현전하는 이름들을 잊지 않기 위해서는. 노동: 클라리시. 비-망각의 노동, 비-침묵의 노동, 묻힌 것을 파내는 노동, 눈멂과 귀먹음에서 벗어나는 노동: 클라리시가 우리에게 그 본보기를 준다. 그 일의 긴급함을, 그 일이 주는 보답을, 우리에게 상기시킨다.

클라리시는 창문을 열어 준다. 창문은 말하고 있는 온 세상을 향해, 만오천 개의 혀가 울려 퍼지는 온 세상을 향해, 벽 없는 아치처럼 활짝 열려 있으며, 그곳에서 그녀는 존재들이 제 운명의 비밀을 고백하는 것을 들을 수 있었다. 사물들 하나하나가 필사적으로 말하고자 하는 바를 이해하기 위해서는, 공간의 가장자리에 기댄 채로, 어린 시절 같은 심원한 순간들에 머물러야만 한다. 더 이상 그 이름을 알지 못하는 나뭇잎 한 장, 사랑의 운을 읽어 내기 위해 펼쳐진 손바닥처럼 가냘프고 열려 있는 나뭇잎을 사랑하는 기쁨을 되찾기 위해, 나뭇잎 한 장의 의미, 나뭇잎-기쁨의 원천을 되찾기 위해, 나뭇잎의 맨손바닥 위에 고향의 풍경 전부가 어떻게 그려지는지 이해하기 위해, 그리고 다시 한번, 나뭇잎이 우리의 정원들을 품고 있음을 깨닫기 위해, 그녀는 무엇보다 먼저 나뭇잎의 진실로 향한 창문을 열러 갈 수 있는 힘을, 사유를 지녀야 했다.

그리고 무관심으로부터 창문을 열어젖히기 위해서는 얼마만큼의 노동이 필요한지! 우리가 더 이상 삶 속에서 머물지 않아 오랫동안 방치됐던 길들, 쇠약해지고 마비되었으며 무신경해진 몸으로는 접근할 수 없게 된 길들을 전부 다시 밟아 나가야 하니 말이다. 그러한 몸으로는, 우리는 기계처럼 쇳소리를 내며 왕래하고, 매일 똑같은 아침, 자신의 부재 속에서, 한때 인간이었던 유령들로 가득한 인적 드문 대로를 따라, 철로 위에서 굴러가고, 시간의 심연 위를 전속력으로 가로질러 공허 속으로 돌진한다. 왜냐하면 거기에는 시간도 대지도 남아 있지 않기 때문이다. 현대의 무덤에는 시간과 계절, 과일 향기, 어떤 가치보다도 더 소중한 보물로 가득한 충실함의 집이 남아 있지 않기 때문이다. 살아 있는 그대로 발견되고, 거두어지고, 간직되고, 선반 위에 놓이는, 한 여자의 보듬어 주는 시선으로 아름다움을 부여받게 되는 사물들, 그것에 관한 사유와 관심의 기호들로 채워진 서랍이 가득한 집―거기서 사물들은 한결같이 부드럽게 빛나고, 삶에는 생명을, 시선에는 빛을 돌려준다―이 남아 있지 않기 때문이다. 존재들의 심장부를 향해 열려 있는 여자들로 가득한 집이 남아 있지 않기 때문이다.

우리 내면의 두꺼운 부동 상태를 뚫어 내야만 한다. 삶에서 도시로 넘어가며 그 존재를 배제했던 창문들을 다시 기억해 내기 위해서는. 망각된 것들의 더미를 관통할 수 있는, 관성보다 더 강력한 궁극의 힘을 찾아내야만 한다. 그리고 우리에게 빛이 허락되었음을 거의 믿지 않게 되었을 때 창문을 깎아 내는 것은 얼마나 힘든 일인가! 세심하고 섬세하게 주의를 기울이며 떨리는 시선으로 한 장의 나뭇잎을 바라보기 위해서는, 그리하여 나뭇잎이 공기 중에서 몸을 떨며 해방되게 하기 위해서는, 섬세하게 반짝이며 자신이 얼마나 아름다운지 보고 듣게 하기 위해서는, 이 창문 앞에서 얼마나 많은 맹목을 걷어 내야 할까.

클라리시는 한 알의 사과를 향해 면해 있다. 사과는 차츰 굵어지고, 새처럼 유연한 힘으로 우리 앞에 떨어진다. 그리고 사과가 평온한 움직임으로 창가에 내려앉을 때, 우리는 그 비행을 보고 경악하며 생각하게 된다. **"이 세기가 시작된 이후로 내가 사과에 대해 아무 생각도 하지 않았다는 것이 가능한 일일까? 사과를 보지도, 발견하지도, 관찰하지도 못했다는 것이 가능한 일일까? 이제 막 자신의 원소로부터 벗어나 공중에서 떨고 있는 사과가 탁자에 놓이며 본성을 바꾸어 가고 있는데? 그렇게 돌이, 혹은 달걀이 되어 가고 있는데?"** 그리고 사과에 대한 사유는 그 움직임 속에서 수천 년간 창문을 열어 두는 것을 잊고 있던 사유의 행렬을, 사유의 더미를, 사유의 둥지를 스쳐 간다. 우리가 살아 있는 존재들의 숲 앞을 지나가면서도 그들을 알아보지도, 듣지도 못했다는 것이 가능한 일일까? 삶을 지나쳐 버렸다는 것이 가능한 일일까?

우리는 가을의 어느 순간 나뭇잎 한 장을 바라보며 느낀 정제된 기쁨을 잊지 못할까 봐 두려워한다. 우리는 삶을 사유하는 것을, 삶에게 다시 불리는 감각을, 삶을 필요로 하는 일을 피할 수 없게 되는 것을 두려워하고, 망각이나 추억 안에 머문 채 삶으로부터 멀리 떨어져 있는 것을 견딜 수 없게 될까 두려워한다. 그러나 금지된-나뭇잎과 나무를 부드럽게 비추는 빛의 가루에 가닿기 위해, 한 여자가 기대선 채 몸을 기울여 생각에 잠기고, 그리하여 그녀 스스로 하나의 창틀이 되어 생각에 몰두하는 창문에 가닿기 위해, 우리는 만 마리의 악마들과 맞서야 한다. 문을 여는 순간부터 열 마리의 악마를, 계단에서는 백 마리를, 도시 외곽의 대로에서는 헤아릴 수 없이 많은 수의 악마를 피해야만 한다.

미리 포기해 버리지 않고 나뭇잎에 도달했을 때 나는 어떤 상태였던가! 나는 낙인찍히고, 더럽혀지고, 멍들고, 피부가 벗겨진 채였다. 마지막 인간들의 저주 아래 홀로 외로이 숲에 들어가야만 한다는 사실에 수치심과 추위를 느꼈음은 말할 것도 없이. 그러나 이 모든 것은 아무것도 아니다. 그것은 내 몸을 향해 갈색 손가락과 금빛 손바닥을 내미는 나뭇잎, 정제된 야생성의 후광을 빛내며 나를 축복하는 나뭇잎의 아름다움을 조금도 건들 수 없다.

진실은, 숲의 입구에서 괴물들의 모든 힘이 멈춘다는 것이다. 내가 슬픈 것은 그 힘이 내 안 깊숙이, 더 이상 나뭇잎도 숲도 없는 곳에 이르기까지, 도처에 퍼져 있기 때문이다. 싸움이 시작된다, 문 앞에서, 전화벨이 울리는 창문 없는 방 안에서, 수치심과 부인, 배반이 유령처럼 떠도는 복도에서.

싸움의 공포는 전부 그 한계 속에 있다. 내가 싸운다면, 나는 승리한다. 나는 싸우지 않을 때마다 패배한다. 하지만 악마들을 물리쳐야 한다는 생각, 악마들을 넘어서기 위해 그들 가까이로 다가가 만져야 한다는 생각, 바로 그것이 악마들의 힘을 키운다. 죽음을 물리쳐야만 한다는 생각, 삶의 한가운데 있는 한 장의 나뭇잎을 사랑하러 가기 위해 증오와 파괴를 다시금 통과해야 한다는 생각은 나를 낙담시키고, 그리하여 나는 자주 포기하고, 망각하고, 삶의 망각 속으로 후퇴한다. 나는 나뭇잎을 저버리고, 모든 나뭇잎들이 나를 저버린다.

—한 장의 나뭇잎을 사랑하러 가기 위해 필요한 모든 힘, 창문에 이르기까지 죽음을 사유하기를 두려워하지 않게 되는 힘, 그것은 클라리시라 불린다. 그녀는 자신을 열어젖힌다. 그녀는 우리에게 손을 건네고, 빈민가를 지나 불안의 길을 따라, 게토를 지나고 판자

촌을 통과해, 우리를 인도한다. 우리 손을 잡고서, 불그스름한 기억들을 지나 시체더미 너머, 기쁨으로 충만한 나뭇잎 한 장을 찾을 수 있게 한다.

창문 밖을 바라보는 것만으로는 충분하지 않다. 창문을 바라보는 것 역시 생각해야 한다. 오래되고 사려깊으며 경탄을 불러일으키는 투명한 창틀 안에 창문을 담는 것, 창문이 간직한 모든 보물들을 각각 하나하나의 시선으로 발견하는 것 역시 생각해야 한다. 창문에서 하나의 창문이 지니고 있는, 우리의 기쁨을 위해 마법처럼 준비된 모든 선물을 불러내야 한다. 창문이 열리면서 일어날 수 있는 모든 일들, 들어오고, 나가고, 시작하고, 기다리고, 응시하는 것, 하나의 창문이 우리에게 허락하고 제안하고 약속하는 모든 일들을.

창문은 빛의 페이지이고, 사원이며, 두 눈이 기도하는 곳이다. 클라리시가 시선으로 간청하며 바라본 사물들이 우리의 방으로 날아들고, 클라리시가 본 사물들이 자신의 현존을 가볍게 흩뿌리고, 마음의 창문으로 들어오고, 우리의 영혼을 드나들고, 사물들의 영혼은 우리 안을 지나가고, 자신의 의미를 한 자 한 자 말해 주고, 보이지 않는 것들이 설명되고, 내밀한 시선 앞에 드러나고, 그렇게 우리는 내밀한 눈멂 속에서, 몹시도 예민하고 깊은 예지력으로, 내면으로부터 사물들을 지각한다.

왜냐하면 몹시도 인내심 있고, 열려 있으며, 즉각 감사할 줄 아는 창문의 간청에 따라 사물들은 가장 완벽한 동의를 건네 주고, 신뢰를 보여 주고, 보통은 외면 아래 숨겨져 있던 존재의 파악되지 않는 면모를 우리에게 보내 주며, 우리의 방 안 깊은 곳까지 스며들기 때문이다. 그것은 거의 우리에게 다가와 눈꺼풀을 적시는 향기와도 같아서, 우리 눈은 장미 한 송이의 아름다움을 그 원천으로부터 들이마시는 느낌을 받으며, 눈은 모두 첫 번째 시선으로 피어나기도 전에 이미 장미 한 송이가 보일 것임을 느낀다.

클라리시의 학교에서 우리는, 이 땅에서 이미 너무 늦어 버린 것처럼 보일지라도, 너무 어두워서 바라보는 것에 의미가 없다 여겨질지라도, 살아 있는 봄의 수업을 배울 수 있다. 아주 가까이에서 보는 법을. 미리 보는 법을. 클라리시의 눈 아래에서는 너무도 또렷하다. 그녀의 시선에서 출발하여 그녀의 창문 앞에 서면, 우리는 생동하며 지나가는 사물들을 지각하지 않을 수 없다. 질주하는 사물들은 거의 신성한 시대의 소녀들과 같고, 우리는 사물의 이미지가 우리를 그들로부터 갈라놓기 전, 그들을 본다.

비록 이 세상의 수용소에 우리가 보려고 애쓸 곳이 더는 남지 않은 것 같을지라도. 나날의 끔찍한 이유들 때문에, 바라보기엔 너무 늦었다고, 창문은 수년간 회색 벽밖에 보여 주지 않았다고, 때로는 시체 가득한 들판을 향해 열려 있었다고, 그러므로 이것은 헛된 노동이라고 되뇌고 있을지라도. 우리가 클라리시의 시선의 수업을 따라가 보는 법의 이론을 배웠다 해도 이 땅에는 더 이상 시선의 사유를 보낼 공간이 없으며, 더 이상 희망할 오렌지가 없고, 전쟁에서 전쟁으로 밤이 올라오길 멈추지 않고, 이곳은 너무 차갑고, 목을 죄어 오고, 피로 물들어 기도가 의미가 없다고 말할지라도. 우리가 읽을 수 있는 나이가 된 이후로, 공기가 너무 혼탁하고 악취가 나서, 볼 기회를 갖지 못했다고 말할지라도. 부름이 전달되지 못한다고, 보는 것을 사유하는 것은 광기라고, 본다고 생각하는 것은 쓸모없는 기도라고 말할지라도.

우리가 살아 있는 사물을 보려고 애쓰면 애쓸수록, 우리 불행의 크기만을 가늠하게 될 것처럼 보이기도 한다. 역사가 우리에게 보여 주는 것이 찌푸린 얼굴과 폐허뿐이라면 볼 줄 아는 것이 무슨 소용인가.

우리의 낮들에 살인은 음속보다 빠르게 일어난다. 우리의 밤들에 우리는 산 채로 여기 머물기에는 너무 늦었다고, 여기서 더 이상 살아남을 수 없다고 느낀다.

우리의 낮과 밤에 망각은 선물보다 빠르게 찾아온다. 창문들이 열려 있지 않은 지 너무 오래되었을 때, 부재의 흐릿한 공간과 닫혀 있음만을 향해 열려 있을 때, 볼 줄 아는 것은 위험한 일이다.

우리는 생각하게 된다. 이제 너무 늦어 버려서 주는 것이 아무 의미가 없다고, 너무 외롭다고, 더 이상 기다릴 시간이 없다고. 사유하고, 기회를 주고, 창문을 열고, 오렌지의 빛 한 줄기가 밤의 탁자에까지 오도록 할 시간이 없다고. 시간을 가질 시간이 없다는 것은, 더 이상은 없다는 것, 시간이 지나가 버렸다는 것이다. 우리는 막연히 생각하게 된다. 시간의 시간이 더는 남아 있지 않다고, 죽음, 죽음만이 남아 있다고, 우리에겐 느리고 다정한 시간, 신선하고 촉촉한 시간이 더는 없다고, 사유의 부드러운 시간, 싹트고 움트고 꽃이 피게할 사유의 시간이 없다고, 우리에겐 잔인함과 성급함, 지연만이 남았으며, 우리는 더 이상 우리의 시간을 살지 않고, 삶 이후의 비인간적인 속도 속에 존재하며, 우리 영혼에 얼음처럼 차가운 바람이 불어 온다고. 그리하여 우리는 생각하게 된다. 볼 줄 아는 것은 위험하다고, 믿을 줄 아는 여자들에게는 고통, 고통만이 남아 있다고. 사유하고, 바라보고, 시선으로 미소 지을 줄 알았던 것은 저주라고, 읽고, 향유하고, 이름 붙일 수 있었던 것, 알았던 것은 불행이고, 살인이 사랑보다 강력해진 지금, 인간으로 존재한다는 것은 최후의 재앙이라고.

어떤 밤들에는 산 채로 다시 깨어나기가 두렵기도 하다. 때때로 우리는 끔찍한 꿈에 소스라치며 깨어난다. 우리가 꿈꾼 몹시도 참된 장미 한 송이가 우리를 깨운다. 장미를 보는 것이 우리를 겁에 질리게 한다. 잿더미에서 살아남은 장미 한 송이를 떠올리며 불안에 몸서리친다. 사실 장미 한 송이가 절대적으로 불가능한 것은 아니다. 그러나 살아남은 장미를 보는 일은 어쩌면 가장 지독한 고통이 아닐까? 참된 여자에게 참된 장미 한 송이는 다른 여자들에게 주고자 하는 마음을 불어넣기 때문이다. 탁월한 장미 한 송이는 주도록 주어진다. 그리고 어떤 밤들에는, 우리가 창가로 다가갈 때, 그것이 가스실로만 열리게 될까 봐 두려워하기도 한다. 우리는 방 안에 물러나 홀로 몽상하면서, 다시는 산 채로 살 수 없으리라고 생각하게 된다.

우리는 전율한다.

— 삶 이후에 존재하는 것이 가능할까? 살지 않는 것이? **비非삶을 사는 것이?**

— 역사는 그것이 가능함을 증명해.

죽음과 삶에서 분리된 채, 모든 것으로부터 분리된 채, 우리 은신처의 방에서, 하늘의 가슴, 기억, 혹은 유대여자들의 가슴에 박힌 별들로부터 분리된 채, 모든 별들로부터 분리된 채, 우리 지하의 방에서,

우리는 숨을 내쉬며 말한다.

— 우리가 더 이상 장미를 볼 수 없게 되는 것이 가능할까?

— 역사는 우리에게 그것이 가능하다고 생각할 수밖에 없게 해. 홀로코스트에서 홀로코스트로 이어지며 불타오르는 이렇게나 메마른 땅 위에서 그 누가 만남이 이루어지는 기적 같은 순간에 가닿을 수 있을까? 재앙 속에서 우리에게 신호를 보내는 오렌지의 사과가 있다 한들 누가 그것에 대답할까?

그리고 때때로 우리는, 오늘날, 오렌지유대인들oranjuives의 홀로코스트가 지나간 뒤의 침묵 속에서 거의 홀로 외롭게 장미 한 송이를 안다는 것이, 피 흘리는 오렌지들의 절멸 이후에도 여전히 장미를 알고 그 향기가 심장의 꼭대기를 넘어 퍼져 가는 것을 느낀다는 것이, 미쳐 가는 일이라고 생각한다.

— 오렌지를 어떻게 불러야 할지 더 이상 알 수 없게 되는 일이 가능할까? 여자들이 베일을 벗었을 때, 그들을 어떻게 불러야 할까?

— 우리는 이제 부르는 법을 알고자 할 엄두를 내지 못해. 우리는 어떻게 해야 죽음을 떠올리지 않으려고 노력하면서도 삶을 망각하지 않을 수 있을지 모르게 되었으니까, 어떻게 해야 죽음의 생명을 구할 수 있을지 모르게 되었으니까, 어떻게 해야 삶을 망각하지 않으면서 죽은 자들을 망각하지 않을 수 있을지 모르게 되었으니까, 어떻게 해야 망각하지 않으면서 살 수 있을지 모르게 되었으니까,

우리에게는 삶과 죽음을 사유할 내적인 자리가 없으며, 죽음 앞에서 삶을 사랑할 용기도, 기법도 없다. 눈물의 베일에 가려진 우리의 약한 두 눈으로 어떻게 해야 재의 장막을 넘어 하나의 사물, 하나

의 사유, 한 사람을 바라볼 수 있을지 더는 모른다.

이따금 우리는 장미의 향기를 너무 가까이에서 맡다가 그 선함의 원 안에 이끌려 갇혀 버릴까 두려워한다. 장미는 전성기가 지나서도 부드러운 향기를, 말라 버렸을 때도 사랑의 향기를, 생명의 향기를 발하기 때문이다. 어쩌면 우리는 너무 나약해서 그 향기 속에 머물면 악취를 잊어 버릴까 봐, 용기를 잃어 불타는 살냄새를 더 이상 들이마실 수 없게 될까 봐 두려워하는 것인지도 모른다. 우리는 죽음이 두려워 삶 저 멀리, 원 밖에 머무는 것이다.

우리는 더 이상 다가가지 않으며, 공간은 시들어 간다. 우리는 사랑의 공간을 잃어버린다. 우리는 우리의 정원을 일구길 멈추고, 감각은 위축되며, 맛을, 촉감을, 느낌을 잃어버린다. 우리는 오렌지를 포기한다. 우리는 표류한다. 우리는 우리가 무엇을 하는지 모른다. 이런저런 두려움 속에서 우리는 망각하고, 더는 장미를 살아갈 용기를 내지 못한다.

― 우리가 꽃 한 송이를 두려워하게 되는 것이 가능할까?

― 오늘날에는 ― 그런 것처럼 보여. 우리는 상처입힐 것을 두려워하지. 상하게 할까 두려워해. 하나의 사물을. 하나의 생명을. 우리는 바라-본다는 것/다시-돌본다는 것re-garder이 무엇을 의미하는지 이제는 몰라. 장미 한 송이를 바라볼 때 우리가 무엇을 하고 있는 것인지 몰라. 그것을 돌보는 것인지, 소홀히 하는 것인지, 회피하고 있는 것인지조차 모르게 됐어. 우리는 장미를 장미로 보는 법을 잊어버리게 될까 두려워해. 우리가 바라보고 있는 것이 홀로코스트 이후이기 때문에. 유대여자들이 학살된 이후이기 때문에. 전 세계가 최종적으로 이슬람화되기에 앞서 오렌지를 생매장한 이후이기

때문에 ― 그런 것처럼 보여. 아이리스를 갈증으로부터 구해 내기 위해 시선을 듬뿍 주면서, 병아리의 부화를, 한 편의 시가 탄생하는 것을 지켜보면서, 우리는 우리가 죽은 여자들을 배반하고 있다고, 그녀들에게 한 번 더 고통을 주고 있다고 생각하지. 우리는 한 송이의 꽃에 다가갈 때 한 여자로부터 멀어지게 될까 두려워해. ― 꽃을 어루만지는 것이 여자를 상처입히는 것일까 봐.

오늘날, 역사는 우리가 온갖 두려움으로 상처받을 수 있게 만들었다. ― 우리가 사랑할 때, 몹시도 애정 어린 눈빛으로 사물들이 스스로를 드러내는 것을 바라볼 때, 열매가 맺고 성장하는 것을 사랑을 담아 지켜볼 때, 두려움이 생겨난다, 여자들에 관한 두려움, 꽃들에 관한 두려움, 아이들에 관한 두려움, 나에 관한 두려움, 모두에 관한 두려움.

― 우리가 구석진 방에서 마음의 창가에 오랫동안 기대선 채 몸을 기울이고 있을 때, 우리는 두려워한다. ― 우리가 백합의 가지 하나가 주는 친밀함 속에서 열흘을 살고, 그로부터 하루하루 새로운 꽃을 선물 받을 때, 그것이 우리에게 생각하게끔 하는 것은 하나의 이야기 전체이며, 세대에서 세대로 이어지며 매일 몸을 일으키는 혈통 전체이다. ― 그리고 우리가 백합 한 송이의 삶을 읽을 때, 우리는 두려워한다. 오늘날에는. 유대나뭇잎들의 학살 이후, 최종적 이란화의 시대에는. 우리는 두려워한다. 예전처럼 하나의 사물에 다가가지 못하게 될까 봐, 한 송이 장미를, 더 이상, 결코 사유하지 못하게 될까 봐. 너무 무겁거나, 너무 빠르거나, 너무 느리거나, 충분히 느리지 않아서. 상처를 주게 될까 봐. 두려워하는 일 없이, 차분하게, 한 알의 오렌지를, 한 명의 아이를, 사랑하지 못하게 될까 봐.

우리가 동백을 알아 가는 동안 ─ 동백잎 하나가 충분한 기다림과 보호를 받으며 껍질을 뚫고 나오기 위해서는 3주가 걸리는데 ─ 우리가 동백의 출현이 지닌 이 강력하고 느리며 섬세한 리듬에 맞춰 천천히 살아가는 동안, 깊고 촉촉한 순간들로 이루어진 이 3주간, 우리는 몹시 가벼운 시선으로 식물을 감싸고, 물로 적셔 주고, 격려한다. ─ 동백이 태어날 때까지 보살펴야 하는 이 오랜 기간에, 우리는 우리가 배신할지도 모른다고 느낀다. 우리는 시간을 들이는 것, 시간을 흐트러뜨리는 것, 잃어버리는 것, 잘못 내주는 것을 두려워한다. 우리는 하나의 사유가 무르익을 때까지, 사유의 가지 하나가 부화할 때까지 시간을 들일 용기를 감히 내지 못한다. 우리는 그렇게 생각한다. 시큼한 가짜 생각들은 종종 우리 사유의 대용품이 된다. 우리는 우리가 배신하고 있다고 생각하지만, 무엇을 배신하는지, 정말로 배신하고 있는지는 모른다. 그래도 우리는 우리가 안다고 생각하진 않는다. 우리는 우리가 충분히 사유하지 않는다고 느끼고, 어떻게 사랑을 사유하고 이해할지 충분히 알지 못한다고 느낀다.

우리가 한 송이의 장미를 살기 위해 노력하는 동안, 오렌지들은 베일을 강제로 씌우려는 것을 거부하고, 우리가 한 번도 본 적 없는 오렌지들이 오랑Oran의 거리로 내려온다. 우리가 존재의 방식들이 지닌 과도한 풍요로움을─장미, 한 송이의 장미가 우리에게 말해 줄 수 있는 모든 것을─몹시도 느리게 발견해 나가는 동안. 5만 개의 오렌지들이, 그 어느 때보다 베일에 가려지지 않은 채, 테헤랑주 Téhérange*의 심장부에서 모습을 드러내고, 종교들의 심장부에서, 베일을 벗기만 한 것이 아니라, 얼굴을 드러내기만 한 것이 아니라,

열을 지어 행진하고, 이란화되기를 거부하니, 현대적 용기를 지닌 오렌지들은 스스로를 사유 속에 내맡기는 것을 두려워하지 않고, 천 개의 밤을 꿰뚫으며, 모든장미touterose에 대한 억압에 맞서는 것을 두려워하지 않는다. 빛을 위해 피를 대가로 치르는 것에 두려움이 없다. 가장 오래되고 가장 어두운 밤들을 꿰뚫기 위해서는 얼마만큼의 시간이 필요한가?

저 멀리 가장 닫힌 도시들에서 삶의 베일을 들추어 내는 여자들이 칼에 맞아 쓰러진다. 꿰뚫리고 찢긴 알려지지 않은 오렌지들이 넘어지며 페르시아의 밤의 거대한 천 자락을 뜯어 내는 동안, 우리, 여기에 있는 우리는 '히잡hedjab'이란 단어가 의미하는 바를 배우니, 나는 거기 있는 그녀들이 장미를 어떻게 바라보고 어떤 이름으로 부르는지, 오늘날 그녀들에게 장미 한 송이가 의미하는 것이 무엇인지 묻지 않고서는 장미를 바라볼 수 없다. 우리는 똑같은 피를 지닌 존재들이다. 그런데 저 멀리에서 피가 흐르고 있다. 그리하여 이 멂은 상처가 되고, 우리의 피로부터 멀리 떨어져 있다는 것은 우리를 겁에 질리게 한다. 모든 것이 상처다. 모든 것이 배신이다.

우리가 장미를 생각하는 것을 두려워할 때, 우리가 두려워하는 것은 삶 전체를 배신하는 것이다.

우리가 장미에서 가시만을 간직한다면, 그것은 오늘날 우리가 장미를 보면서도 상처 입지 않을까 봐 두려워하기 때문일 것이다. 어쩌면 우리는 어떻게 해야 계속 살아 있게 할 수 있는지 잊지 않는 법을 잊어버렸는지도 모른다. 우리는 우리를 배신하고, 망각한다.

---

* 이란의 수도 테헤란과 오렌지를 합성한 단어.

그러나 한 친구가 상기시킨다. 우리는 우리가 잊는다는 것을 잊지 않는다. 그렇기 때문에, 힘이 넘치는 눈을 지닌 한 여자가 하나의 사물, 한 송이의 장미, 한 명의 여자를 향해 사유하면서도 다른 사물, 다른 여자, 다른 장미를 죽이거나 잊지 않는 법을 우리에게 가르쳐 주는 것으로 충분하다. 클라리시가 있는 것으로 충분하다. 역사가 우리를 삶으로부터 분리하는 것을 멈추는 데는.

그녀는 우리에게 상기시킨다. 그녀는 아직 오지 않은 삶, 앞으로 오게 될 삶을 부르고, 그 삶이 도래하여 우리에게 닿게 한다. 그녀는 우리가 사유하지 않는, 더 이상 사유하지 않게 된, 사유할 생각을 한 적도 없는 삶을 상기시켜 준다. 그리고 그녀는 그것을 우리에게 선사해 사유하고 사랑할 수 있게 한다. 클라리시는 삶을 삶의 이름으로 부르는 여자의 이름이다. 그리고 우리에게 삶을 상기시키는 모든 여자들은 클라리시를 상기시킨다. 클라리시의 이름으로 삶을 부르는 그녀들. 삶의 이름은 클라리시다. 그렇다고 그것이 삶의 유일한 이름인 것은 아니다(나는 삶을 친구의 이름으로도 부른다). 우리가 사랑하는 것을 기억할 때마다 클라리시는 돌아온다. 클라리시는 드물지만 흔한 이름이다. 결코 실수하지 않는 이름. 스스로 베일을 벗는 오렌지의 이름. 자신에 대한 충실함으로. 여자가 클라리시라는 이름을 지닐 때, 그녀는 잊지 않는다.

클라리시는 우리의 베일을 벗겨 낸다. 우리에게 창문을 열어 준다.

나는 눈을 들어 클라리시의 시선을 올려다보았다. 그녀는 선명하게 잘린 창틀에서 몸을 기울이고 있었고, 그녀 두 눈의 비스듬하게 벌어진 틈 속에서 나는 창문의 본질을 보았다. 그것으로 충분하다.

하나의 클라리시가 열리고:

한 여자의 시선에서 꽃 한 송이가 의미하는 것이 무엇인지 알기 위해 잊지 말아야 할 모든 것을, 다가가고, 천천히 건너가고, 존중해야 할 모든 것을, 우리에게 상기시켜 준다.

단 한 송이 장미를 살리기 위해 경험해야 했던 모든 일, 겪어야 했던 모든 고통, 나누어야 했던 헤어짐, 맛보아야 했던 굴욕. 향유하고, 도망치고, 배우고, 잃고, 구원하고, 감히 사유해 보고, 울어야만 했던 모든 것, 그 모든 고통들, 모든 치욕들, 검토되고, 소중히 여겨지고, 극복된, 황홀한 그 모든 인간적 섬세함들, 그 모든 비인간적 잔혹함들, 간파되고 불태워진 간계들, 지옥의 구조물들, 영혼의 뼛속까지 느껴지는 이름 붙일 수 없는 냄새들. 장미 한 송이를 사랑하는 일에 이르는 것이 얼마나 필요한지, 장미 한 송이가 우리에게 의미하는 모든 것을 이해하는 일에 이르는 것이 얼마나 필요한지 이해하기 위해, 한 송이 장미 앞에 충분히 살아 있는 채로, 인간적인 채로, 훼손되거나 메마르거나 불모이지 않은 채로 도착하는 것이 얼마나 어려운 일인지 이해하기 위해, 장미를 볼 힘을 얻고, 그것이 비밀스레 지키고 있는 삶의 지침을 받아들일 힘을 얻기 위해, 거의 불가능하지만 그럼에도 필요한 것, 한 송이의 장미를 그것이 지닌 생명에서부터 알 힘을 얻기 위해, 모르고 있길 거부해야만 하는 모든 것, 알기를 요청해야 하는 모든 것, 눈물로 흐려진 두 눈으로 응시해야만 하는 모든 것, 장미 한 송이의 몸속에 간직된 참된 의미를 진정 알아보기 위해, 삶이 고문당하고, 일그러지고, 피 흘리는 것을 보고, 역사의 침묵 속에서 질식당하며 내지르는 비명을 듣고, 끝내는 것 말고는 원하는 것이 없을 만큼 절망하는 것을 느껴야만 했으니, 한 송이 장미의 삶이 무엇을 의미하는지 알기 위해…… 구원받은 모든 장미는 하나의 삶을 구원한다. 모든 삶은 한 송이의 장미를 살릴 수 있느냐 하는 가능성에 달려 있다. 우리에게 필요한 것은 한 송이 장미의 사랑이다. 객관적으로도 주관적으로도. 진정으로 **바라본** 장미는 모두 인간적이다. 한 송이 장미를 인간적으로 사랑하는 일에는 기나긴 노동이, 살아 낼 수 없음을 통과해 내는 경험이 요구된다. 그러면 언젠가 그 순간이 찾아오니, 그때 한 송이 장미는, 우리의 살지 않음이 대가로 치른 모든 인내를, 살아 낼 수 있는 열정으로 돌려줄 것이다.

한 송이 장미를 살아 있는 현존으로 만들기 위해, 한 송이 장미에 담긴 무한한 부드러움이 마흔 가지 슬픔을 가로질러 베일을 쓴 여자들에게 도달하도록 만들기 위해, 실망시키거나 해치는 일 없이 한 송이 장미를 선물하는 일을 완수하기 위해, 우리가 용기를 내 키워야만 하는 절대적으로 드문 모든 앎들, 우리를 상심시키고, 혼란스럽게 하고, 정련시키는 모든 앎들.

클라리시의 학교에서 우리는 살아 있는 한 송이 장미와, 또한 강제수용소와 동시대적 존재가 되는 법을 배운다. 그 즉시 장미의 생명은 우리를 채워 흘러넘치며, 우리는 타인들에게 장미를 주어 사랑하게 할 필요를, 장미 안에서 여자들이 사랑받게 할 필요를 느끼게 된다.

하나의 클라리시가 열린다. 클라리시는 사물들을 향해 빛나고 부드러운 시선들을 듬뿍 보내니, 가장 숨겨져 있고, 가장 어리고, 가장 연약한 사물들마저 자신을 드러내고, 인식되고, 지속된다. 한순간 창문의 황홀경 속에 고정된 채로.

클라리시의 광채는 우리를 어디로 이끄는가? ─ 바깥으로. 벽 바깥으로. 우리 도시의 성벽 바깥으로. 그것은 우리 안의 악마와 착란들이 구축한 성채들이다. 아름다운 손 하나가 우리의 손을 잡아 준다. 기쁨-손 하나가 우리를 이끌어 준다. 우리들의 집에 머무는 죽은 자들로부터 멀리 떨어진 곳으로. 이 침투 불가능한 벽들은 오로지 환상의 민족을 위해 쌓아 올려졌다. 클라리시-손은 오로지 살아 있는 자들만이 머무는 공간을 우리에게 돌려준다. 바깥의 깊고 촉촉한 내부에서.

─ 믿음의 숲, 해바라기 나무들이 발원하는 곳에서. 황홀경의 나무 꼭대기에서. 그리고 우리는 믿는다. 거기 위편에는 나무가 한 그루 이상 있으리라는 것을. 그곳에 다다르고 나면, 덧없지만 다시 솟아나는 본질을 지닌 황홀경의 나무들이 숲을 이루리라는 것을.

─ 심장의 꼭대기, 전 세계적 친밀함 속에서는, 어머니와 같은 큰 자매들처럼 충실한 사물들이 우리를 알고, 우리의 질문들이 자신에게 닿게 하고, 우리에게 대답해 준다. 장미들은 지나가며 우리 두 손에 삶의 포도주를 부어 준다. 그 안에서 대지는 하늘처럼 가볍다. 심장들의 학교에서 하늘은 공기의 진주빛을 띤다. 그리고 행인들의 발걸음은 내면의 공기 속에서 고요하게 울리니, 돌연 우리는 이렇게 말하고 싶어진다. "당신 거기 있나요?" 그러면 그녀들이 우리에게 말한다. "그래요, 나 여기 있어요, 그래요."

마법의 목소리는 부르는 법을, 이전에는 우리 것이 아니었던 순간들이 오고 또 오게 하는 법을 가르쳐 준다. 목소리는 곁을 지나가거나 멀리 있는 사물들이 여기 있게 하는 법을 보여 준다. 우리는 다가감을 배운다. 하나하나의 '당신'이 지닌 만 오천 가지 측면에 어떻게 다가갈 것인가? 사물들 하나하나를 '당신'이라고 부르기. 삶의 매 순간순간이 그것을 부르고 상기시키게 하기. **오, 당신 삶의 시간이여**O du Lebenzeit! 모든 혀 하나하나가 다른 색채의 목소리를 지니고, 모든 목소리가 각기 다른 부드러움을 지니니, **당신/목소리 voce***여! 목소리는 마법의 숨결을 던지고, 부드러운 마법의 손이 미지의 공간으로, 존재들을 향한 섬세한 길로, 사물들의 옆구리를 어루만지는 현재의 선물이 가득한 낯선 손바닥으로 나아가고, 만오천 가지 신중함을 담아 사과 한 알을 만나러 가는 길로 가득한 손을 들어 올리니, 손은 순수하고 강력하고, 달을 따려고 내민 손처럼 고양되어 있으며, 나비의 날개를 잡으려는 것처럼 조심하여 극도의 가벼움을 지니게 되고, 오! 아미가Amiga**! 친구여Amie! 모든 노래 하나하나를 위해 존재하는 각기 다른 귀 하나하나는 모든 장미 한 송이 한 송이의 부름을 듣는다. 모든 사물 하나하나를 알아보기 위해, 시간의 맥박보다 무겁지 않은, 만 오천 가지 손길을 지닌 손을 발명한다.

클라리시하게 오도록 부르는 것. 그것은 모든 감각을 쓰는 길고도 열정적인 노동이다. 가고, 다가가고, 스치고, 머물고, 만지고, 들어오게 하고, 내놓고, — 주고, — 받아들이는 것이다. 사물들이 오도록 부르는 것, 그것이 그녀의 일이니, 사물들에게 사물들을 돌려

---

* 포르투갈어로 você는 "너"를 의미하고, 라틴어로 voce는 "목소리"를 의미한다.
** 포르투갈어로 amiga는 여성 친구를 의미한다.

주고, 우리에게 사물들 하나하나를 처음으로 돌려주고, 매 순간을 처음으로 돌려주고, 잃어버린 처음을, 매일 마시는 첫 잔의 커피로부터 첫 맛을 돌려주며, 그 첫맛은 더욱 강렬해진다. 마치 우리가 어렸을 때 어머니의 미소가 항상 마음 아프리만치 처음이었던 것처럼, 유일한, 행복한 미소 **자체**였던 것처럼. 그것이 예술이다. 클라리시-부름이 사물을 찾아 떠난다. 그 사물은 창문 없는 공간에서는 거의 존재하지 않는 것처럼 서 있고, 시선 없는 공간에서는 거의 얼굴이 없는 것처럼 떠돈다. 그녀의 부름은 사물에게 이름을 주어 현전 없는 공간 바깥으로 나와 떨게 하고, 자신에게 돌아오게 하니, 사물은 자신 안으로 모여들고, 꽃잎을 피워 내고, 자신의 심장을 둘러싼 몸을 불려 나가고, 붉게 물든 채 급히 첫 얼굴을 만들어 낸다. 그리고 장미가 된다.

이름들은 그녀가 공간 위에 다정하게 올려 둔 손들이다. 그 다정함은 몹시도 강렬하여 얼굴은 끝내 미소 짓게 된다. 그리고 그녀는 너의 얼굴, **당신의 얼굴**teu rosto에 손을 가져다 댄 후 자신의 입술 가까이 가져가고, 미소를 머금은 채 항아리째 마시고, 미소를 마시고, 그런 후 우리에게 주어, 그 얼굴을 바라볼 수 있게 한다.

장미의 심장을 만지는 것. 이것이 여성적-방식의 노동이다. 사물들의 살아 있는 심장을 만지는 것, 그로 인해 감동받는 것, 그 곁에서 살기 위해 다가가는 것, 부드럽고 세심한 느림으로 만짐의 영역에 도달하는 것, 한 송이 장미의 끌어당기는 힘에 천천히 이끌려 장미들의 영역 깊은 곳까지 이르는 것, 향기의 공간 속에 오랫동안 머무는 것, 사물들로부터 받는 법을 배우는 것, 사물들로 하여금 가장 살아 있을 때의 존재를 주도록 하는 것.

우리는 세계가 우리보다 먼저 거기 존재한다는 것을 잊어버렸다. 우리는 사물들이 어떻게 우리보다 앞서 있었는지, 산들이 어떻게 우리의 시선에 앞서 몸을 키웠는지 잊어버렸으며, 우리가 식물들을 부르고 알아보기 전 그들이 서로를 어떻게 불렀는지 잊어버렸다. 우리가 식물들을 부른다고 생각하지만, 사실은 그들이 우리를 부르는 것이라는 것도. 그들은 자라나는 우리의 희망을 향해 몸을 돌려, 깨어나는 우리의 몸 앞으로 다가오고, 그들의 모든 존재는 비밀스럽게 움직이면서 우리의 무관심 바깥으로 나와 자신을 발견하게 한다. 우리가 바라볼 수 있도록, 광채를 발하며, 자신을 준다. 우리는 매일 그 곁을 지나간다. 마치 우리 곁에서 아무런 일도 일어나지 않는 것처럼. 때로는 내 서재에서, 내 얼굴로부터 1미터 겨우 떨어진 곳, 지척에서, 장미 한 송이가 지나간다. 그러나 내가 지내는 곳은 장미로부터 너무 먼 곳이고, 창문들은 안쪽에서 막혀 있다. 나는 장미를 느끼지 못한다. 장미는 장미의 발걸음으로 지나가고, 나는 장미의 시간을 알아채지 못하고, 다다르지 못한다. 이따금 나는 조금 늦게 도착해 버려 눈물을 흘린다. 우리는 삶 앞을 지나갈 뿐 삶을 살지 않는다. 우리는 오랫동안 장미와 함께 살아 왔지만 장미를 보지 못한다.

15년간 클라리시가 미소를 지어 왔던 한 존재, 클라리시가 오직 미소인 줄로만 알았던 그 존재는 한 번도 그녀의 치아를 본 적이 없다.*

— 하지만 이것은 아마 또 다른 이야기가 될 것이다.

---

* 이 '존재'는 리스펙토르와 15년간 결혼 생활을 지속하다 헤어진 남편 마우리 구르겔 발렌

하나의 얼굴을 보기 시작하려면, 살아 있는 얼굴로 빛나는 무한의 얼굴을 지닌 누군가를 만나 그를 받아들이려면, 무한을 띤 그 얼굴을 열정적으로 바라보아야 하지 않을까? 그리고 수년에 걸쳐 매일매일, 시선의 빛을 새롭게 해야 하지 않을까?

― 보기 시작하려면? 하지만 우리는 보기 시작하는 것을 잊어버린다. 우리는 믿을 수 없는 방심 상태에 빠져 있다. 그렇다면 우리가 살아온 삶은 어디에 있는가?

한 송이 장미가 우리에게 다다르기 위해서는 그것이 우리의 눈앞에 뛰어들어야 하는 걸까?

오랫동안 침묵을 파고들어 그 바닥에까지 이르러야 한다. 한 송이 장미의 순간을 위해 시간 안에 공간을 열어야 한다. 단 하나의 장미-존재 속에 약속되어 있는 백 송이 장미가 피어나며 공간을 펼쳐낼 때, 그 공간을 감싸고 뒤덮을 수 있는 단 하나의 무한한 시선, 그것을 만들어 내기 위해서는.

그러던 어느 날 나는 수년간 매일 응시하던 얼굴 하나를 바라보는 법을 알게 되었고, 돌연 나는 그 얼굴을 처음으로 보게 되었다. 나는 그 얼굴이 마침내 자신의 가장 완전한 얼굴을 보도록 스스로를 내주게 했고, 그것은 새로이 맞이하는 순간이었으니, 마침내 나는 놀라움 속에 머물 수 있었다. 그 순간 나는 배고프지도 목마르지도 않았고, 내게는 오로지 평화만이 있었다. 나는 너무도 가벼워져서 나 자신을 잊을 정도였으며, 갑자기 나는 그곳, 그녀의 공간 속에 있었다. 나는 그녀의 다가감 속에 있었고, 나 자신이 곧 다가감이었

테를 뜻하는 것으로 보인다.

다. 얼굴이 솟아나기 시작했다.

우리가 욕망을 넘어 사랑의 저편에서 사랑할 수 있을 때마다 하나의 얼굴을 보는 것이 가능해진다. 이 일은 드물게만 일어난다. 이 시대에 우리들은 너무 춥고, 목마르며, 무겁고, 불안하다. 우리는 기다린다. 우리는 기다리는 그것을 소유하고 싶어 한다. 우리는 타자를 위해 기다리는 법을 모른다. 우리의 기다림은 공격적이다. 우리는 조급하고, 서두르며, 사물들은 도망쳐 버린다.

어떤 여자들은 경계심 없이 창문을 열어 둘 수 있는 힘을 지녔다. 그러면 하나의 정원이 들어올 수 있게 된다. 오로지 예기치 못한 것만이 찾아오게 된다. 클라리시의 창문을 통해 들어오는 모든 것을 보면서, 온갖 종과 온갖 부류에 속해 있으며 모든 성과 모든 문화를 지닌 사물들, 인간, 식물, 동물들을 보면서, 우리는 그녀가 얼마나 큰 사랑의 힘으로 자신을 열어 놓는지, 얼마나 큰 경악의 기쁨 속에서 돌연한 것의 접근을 허락하는지 느낀다. 오로지 그럴 때만이 아름다움이 도착할 수 있다. 이 대담한 창문을 통해서. 아름다운 사물들은 항상 뜻밖에 찾아온다. 우리에게 기쁨을 주기 위해. 우리를 놀라게 하고 그 자신도 놀라워하며, 두 배는 더 아름다워진다. 그것들을 차지하려는 이가 아무도 없을 때. 사물들이 우리를 향해 솟아날 때 우리는 그것이 신의 손길이라고 생각한다. 하지만 사물들이 들어올 때 짓는 미소를 보며 우리는 알게 된다. 그것이 클라리시의 손길이라는 것을.

여자를 읽는다고? 들어야 해, 클라리시 리스펙토르를. 처음에 클라리시는 이렇게 다가온다. 솟구쳐 달려드는, 우리 앞의, 화살, 살아서 날아가는, 표범, 그리고 자리 잡는다. 움직이는 그녀 이름의 빛깔은 물론 리스펙토렌지lispectorange다. 연한 자줏빛 귤껍질의 오렌지. 하지만 우리가 섬세한 손으로 그녀의 이름을 받아 들면, 그녀의 내밀한 본성에 따라 한 알 한 알 주의 깊게 펼쳐 껍질을 벗겨 내면, 거기에는 꽃처럼 피어나는 수십 개의 작은 결정이 있어서, 여자들이 통과하는 모든 혀/언어 안에서 고스란히 비치게 된다. 클라리시리스펙토르Claricelispector. 클라르Clar. 리슬리Ricelis. 슬리Celis. 리스프Lisp. 클라스프Clasp. 클라리스프Clarisp. 클라릴리스프Clarilisp. — 클라르Clar — 스펙Spec — 토르Tor — 리스Lis — 이시리스Icelis — 이스프Isp — 라리스Larice — 리스펙토르Ricepector — 클라리스펙토르clarispector — 클라로르claror — 리스토르listor — 리르rire — 클라리르clarire — 레스펙트respect — 리스펙트rispect — 클라리스펙트clarispect — 이시Ice — 클라리시Clarici — 오, 클라리시, 당신은 그 자체로 빛의 목소리이자 아이리스l'iris이며, 시선, 섬광l'éclair, 우리의 창문을 둘러싼 에클라리스 오렌지l'éclaris orange입니다.

사과 한 알의 빛으로

그녀는 거의 믿어지지 않는 여자였다. 아니, 그보다는 하나의 글 쓰기였다. 아인슈타인은 이렇게 말한 적이 있다. 언젠가 세상은 간디와 같은 사람이 뼈와 살을 지닌 채 이 땅에 존재했었다는 것을 믿을 수 없게 될 거라고.

클라리시 리스펙토르, 그녀가 어제, 우리 가까이에, 하지만 우리보다 훨씬 앞서 존재할 수 있었음을 믿는 것은 우리에겐 어렵고도 기쁜 일이다. 카프카 역시 따라잡을 수 없는 존재지만…… 그녀라면 가능하다.

카프카가 여자였더라면. 릴케가 우크라이나 출생의 유대계 브라질인이었더라면. 랭보가 어머니였고 쉰 살까지 살았더라면. 하이데거가 독일인이길 그치고 대지의 소설을 썼었더라면. 나는 왜 이 이름들을 거론하는가? 하나의 가문을 그려 보려는 시도에서. 클라리시 리스펙토르가 글을 쓰는 것은 그곳에서다. 가장 치열한 작품들이 숨 쉬고 있는 그곳에서 그녀는 나아간다. 그러나 그다음, 철학자가 숨이 차 멈추는 지점에서, 그녀는 계속해서 멀리, 모든 지식을 넘어 더 멀리까지 나아간다. 이해를 넘어 한 걸음 한 걸음씩, 가냘프게 떨고 있는 세계의 불가해한 두께 속으로 흔들리며 나아가고, 별들이 내는 소리와 원자들이 스치는 미세한 소리, 심장 박동 사이의 정적까지 포착하기 위해 가장 섬세한 귀를 기울인다. 세상의 밤에 깨어 있는 자. 그녀는 아무것도 모른다. 그녀는 철학자들을 읽지 않았다. 그럼에도 그녀의 숲속에서는 이따금 철학자들이 속삭이는 소리가 들리는 듯하다. 그녀는 모든 것을 발견해 낸다.

삶은 인간 정념의 모든 역설적인 운동들, 반대되는 것들의 고통스러운 결합들로 이루어진다. 두려움과 용기(두려움은 곧 용기이기도 하다), 광기와 지혜(하나는 다른 하나와 같으니, 미녀는 곧 야수다), 결핍과 만족, 갈증은 곧 물이며…… 그녀는 우리에게 이 모든 비밀을 밝혀 주고, 한 사람 한 사람에게 세상의 열쇠 수천 개를 건넨다.

오늘날에 와서 특히 중요해진 이 경험, 가난 때문에 가난한 존재가 되는 것, 혹은 부유함 때문에 가난한 존재가 되는 것도.

사유가 생각하기를 그치고 기쁨의 비상飛上이 되는 곳, 그곳에서 그녀는 글을 쓴다. 기쁨이 너무나 예리해져 아픔이 되는 곳, 그곳에서 이 여성은 우리를 아프게 한다.

그리고 거리에서. 그곳에는 잘생긴 남자, 늙은 여자, 빨간 머리 소녀, 말썽꾼 개, 커다란 차, 맹인이 지나간다.

클라리시 리스펙토르의 시선 아래에서는 사건 하나하나가 꽃처럼 피어나고, 일상은 스스로를 열어젖혀 그 속에 있는 평범함의 보물을 보여 준다. 그리고 돌연 바람de vent*, 불, 이빨de dent**의 일

---

* 프랑스어 devant(~앞에)를 연상시킨다.

격이 도착한다. 삶이 도착한다.

악착스런 시선, 몹시도 애쓰는 목소리, 파헤치고, 발굴하고, 잊힌 것을 되찾으려 노동하는 글쓰기. 무엇을 되찾으려고? 살아 있는 것을. 이 땅 위 우리의 '거주'가 지닌 고갈되지 않는 신비를. 정말이지 얼마나 많은 것들이 있는가! 왕국들, 종들, 존재들. 존재하는 모든 것이 구원받아야 하고, 우리 일상의 망각으로부터 끌어내져야 한다. 이 노동을 통해 모든 것이 되돌아오고, 우리는 모든 것을 돌려받는다. 가장 눈부신 것에서부터 가장 심상한 것까지, **평등하게**, 전부 **평등하게**. 모든 것이 이름을 가질 권리가 있으니, 그것은 **존재하기** 때문이다. 의자, 별, 장미, 거북이, 달걀, 어린 소년…… 어머니처럼 그녀는 모든 종의 '아이들'을 돌본다.

모든 위대한 작업이 그러하듯 이 역시 배움이고, 끊임없이 놀라워하는 겸손이며, 동시에 독자를 위한 수업이기도 하다. 영혼의 재교육. 이 작업은 우리를 세상의 학교로 돌아가게 한다. 작업 자체가 학교이자 학생이다. 왜냐하면 쓰는 사람은 알지 못하기 때문이다. 그렇지만 글쓰기는 알지 못한 채 진실을 만들어 낸다. 우리가 때때로 어둠 속을 더듬거리다 예기치 못한 것을 발견하여 빛을 밝히는 것처럼.

글쓰기란 신비를 건드리는 것이다. 신비를 짓밟아 진실에 반하는 일이 없도록 말의 끝으로 조심스레 만지는 것이다.

걱정할 필요는 없다. 그녀는 이야기도 쓰니까. 부유하고 젊은 여

** 프랑스어 dedans(~안에, 속, 내부)를 연상시킨다.

자가 거지를 만난다. 그리고 6페이지만에 그것은 복음서나 창세기가 된다. 아니, 내가 크게 과장하는 게 아니다.

여자와 바퀴벌레. 이들이 『G.H.에 따른 수난』으로 불리는 재-인식의 드라마의 주인공들이다. 이야기해 주길 바라는가? 그녀(이니셜 G.H.로 지칭되는 여자, 또는 글쓰기), 다시 말해 수난은 하녀의 방에서 출발한다. 여성의 실루엣이 그려진 하얀 벽으로부터. 그리고 그녀는 규칙적이고 일정한 속도로, 한 발짝씩, 한 페이지씩 나아가서 궁극의 계시에 이른다. 모든 페이지는 그 자체로 충만한 한 권의 책이다. 모든 챕터는 탐험하고 넘어서야 할 땅이다. 모든 발걸음이 '나'를 나로부터 멀어지게 한다. 매 발걸음마다 벽을 마주친다. 그리고 벽은 자신을 열어젖히게 된다. 매 발걸음마다 오류가 있다. 오류는 베일을 벗게 된다. G.H.는 바퀴벌레와 마주친다. 하지만 여기에 흉측한 '변신'은 없다. 오히려 그 반대다. G.H.에게 벌레는 선사시대부터 이어진 종을 자신의 바퀴벌레-존재 안에 보존해 온 종의 대표다. 두렵고 혐오스럽지만 죽음에 저항하는 그 모습이 경이로운 생의 한 조각. 그녀는 그 몸, 타자의 몸, 자신이 불가피하게 죽여야 하지만 그러고 싶지는 않은 그것에게, 죽지 않는 인류 이전의 물질, 살아 있는 것의 비밀에 관해 질문을 퍼붓는다. 삶과 죽음은 무엇일까? 그것은 인간 정신이 만들어 낸 것, 자아의 투사는 아닐까? 인류 이전의 생명은 죽음을 모른다. G.H.에 따른 수난은 벌레의 등껍질, 모든 벌레들의 등껍질로부터 시작하여, 무한하고 중성적이며 비인격적인 물질에 이르는 횡단이다.

아니, 나는 여러분에게 아무것도 이야기하지 않았다. 우리는 바닥을 향해 가는 그녀의 상승을 단어 하나하나 따라가야만 한다. 그렇다. 그녀와 함께라면 내려가는 것이 곧 올라가는 것이다.

우리는 어쩌면 이제 그녀의 아이들이 된 걸까?

이제 나는 내려갈 것이다. 『별의 시간』이라는 책 속에서 가냘프게 깜박이는 지상의 별들을 향해.

진정한 저자

나는 항상 위대한 작가의 마지막 텍스트를 꿈꿔 왔다. 남아 있는 마지막 힘, 최후의 숨결로 쓰인 텍스트를. 죽기 전 마지막 날 저자는 땅의 가장자리에 앉아 있고, 무한의 공기 속에서 그의 발은 가볍다. 그는 별들을 바라본다. 내일이면 저자는 별들 가운데 별 하나, 분자들 가운데 분자 하나가 될 것이다. 마지막 날은 그것을 살아 낼 줄 아는 사람에게는 아름다운 날이다. 삶에서 가장 아름다운 날 중 하나라고 할 수도 있다. 그날(어쩌면 '그날들'이라고 말해야 할 것이다. 마지막 날은 여러 날일 수 있으므로)에 우리는 신들의 시선으로 세계를 본다. 마침내 나는 세계의 신비의 일부가 되는 것이다. 땅의 가장자리에 앉아 있는 저자는 이미 거의 아무도 아닌 존재다. 그의 심장과 입술에 도착하는 문장들은 책으로부터 해방되어 있다. 그 문장들은 작품처럼 아름답지만 결코 출판되지 않을 것이며, 별들로 채워진 임박한 침묵 앞에 서둘러 모여들어서는 본질을 말할 것이다. 그 문장들은 삶을 향한 장엄한 작별인사다. 그것은 애도가 아니라 감사이다. 오, 삶이여, 너는 정말 아름답구나. 문장들이 말한다.

언젠가 나는 『레모네이드 모든 것이 너무도 무한했다』라는 책을 썼다. 카프카의 마지막 문장 가운데 하나를 명상하는 책이었다. 그것은 카프카가 죽기 전 종이에 써서 남긴 문장이었다. 당시 목이 타들어 가고 있던 그는 소리 내어 말할 수 없었다. 그 말해지지 않는 영역에서부터 하나의 문장이 도착했다. 몹시 본질적인 것들, 미미한 것들, 무한한 것들이 침묵 속에서 뚜렷하게 말해지는 말해지지 않는 영역으로부터. 너무나도 연약하고 아름답기에 바깥의 신선한 공기에서는 표현될 수도 없는 것들이.

그 문장은 **레모네이드 모든 것이 너무도 무한했다**Limonade es war alles so grenzenlos 이다.

나에게 이것은 **시 자체**Le Poème이며, 황홀경과 후회, 삶의 간명한 중심이다. 끝. 끝의 끝. 그리고 첫 번째 청량음료.

마지막 작품들은 짧으며, 별들을 향해 뻗어 나가는 불길처럼 타오른다. 이따금 단 한 줄만으로 이루어지기도 한다. 그것들은 아주 다정하게 쓰인다. 그것들은 감사하는 작품들이다. 삶에 대해, 죽음에 대해. 왜냐하면 우리가 삶의 찬란함을 발견하게 되는 것은 죽음으로부터, 죽음의 은총으로부터이기 때문이다. 우리는 죽음을 통해 삶이 그 모든 불행과 즐거움 속에서 지니는 보물들을 기억하게 된다.

은밀한 시편 같은 텍스트, 죽음을 향한 은총의 노래 같은 텍스트가 있다. 이 텍스트는 『별의 시간』이라는 이름을 갖고 있다. 클라리시 리스펙토르가 그것을 쓰던 당시 그녀는 이미 이 땅 위에 거의 존재하지 않게 된 사람이었다. 그녀의 드넓은 자리에는 커다란 밤이 열리고 있었다. 그리고 거미보다 작은 별 하나가 떠다니고 있었다.

가까이에서 본 작은 그것은 30킬로그램 남짓의 왜소한 인간 피조물이었다. 하지만 죽음에서부터 보았을 때, 그러니까 별들에서부터 보았을 때, 그것은 세상의 그 어떤 사물만큼이나 컸고, 아주 중요하거나 전혀 중요하지 않은 이 땅의 그 어떤 사람만큼이나 중요했다.

무게를 잴 수도 없을 만큼 작은 이 사람, 그녀는 마카베아라고 불리게 될 것이다. 마카베아에 관한 책은 극도로 얇아서 거의 작은 노트처럼 보인다. 그러나 그것은 세상에서 가장 위대한 책 중 하나다.

이 책은 지쳤지만 열정적인 손으로 쓰였다. 그때 클라리시는 이미 어느 정도는 한 사람의 작가, 한 사람의 저자이길 그친 상태였다. 이것은 마지막 텍스트, **이후에** 오는 텍스트다. 모든 책 이후에 오는 텍스트. 시간 이후에, 자기 자신 이후에 오는 텍스트. 이 텍스트는 영원, 내 이전과 내 이후의 시간, 그 무엇도 중단시킬 수 없는 시간에 속해 있다. 우리는 그러한 시간, 그 비밀스럽고 무한한 생의 한 조각에 지나지 않는다.

『별의 시간』은 인간 삶의 미미한 조각 하나에 대해 이야기한다. 충실하게. 즉, 미미하고 단편적으로.

마카베아는 (단순히) 허구의 인물이 아니다. 그녀는 저자의 눈에 들어가 눈물을 흘리게 하는 한 톨의 먼지다. 이 책은 마카베아로 인해 흘리는 눈물의 물결이다. 또한 이 책은 대답을 요구하지 않는 거대하고도 겸손한 질문의 물결이기도 하다. 여기서 질문들이 묻고 있는 것은 다름 아닌 삶이다. 책은 질문한다. 저자란 무엇인가? 마카베아의 저자가 될 자격이 있는 자는 누구인가?

이 '책'이 우리에게 속삭인다. 작품 속에서 살아가는 존재들은 **그들이 요하는** 저자를 가질 권리가 있지 않을까?

마카베아는 매우 특별한 저자를 요한다. 마카베아를 사랑하는 클라리시 리스펙토르는 그리하여 그녀에게 필요한 저자를 창조해 낼 것이다.

『별의 시간』, 클라리시 리스펙토르의 마지막 시간. 이는 작고도 거대한 책이며, 사랑을 하는 책, 아무것도 알지 못하고 제 이름조차 알지 못하는 책이다. 자신의 제목조차 모른다고 할 수도 있다. 『별의 시간』은 너무도 무지하여 제 이름도 모르는 걸까? 엄밀하게 말해 제목을 갖지 않는 이 책은 수많은 제목들 사이에서 주저한다. 그것의 '제목'은 무한한 제목들 사이에서의 망설임이다. 이 책은 시간에 따라 여러 가지로 불릴 수 있으니:

전부 내 탓이다 혹은 **별의 시간** 혹은 **그녀가 해결하게 하라** 혹은 **비명을 지를 권리** 혹은 **클라리시 리스펙토르*** 혹은 **미래에 관해서는** 혹은 **블루스를 부르며** 혹은 **그녀는 비명을 지를 줄 모른다** 혹은 **상실감** 혹은 **어두운 바람 속의 휘파람** 혹은 **나는 아무것도 할 수 없다** 혹은 **앞선 사실들에 대한 이야기** 혹은 **싸구려 신파** 혹은 **뒷문으로 조심스럽게 퇴장**

이렇게 부를 수도 있을 것이다. "클라리시 리스펙토르". 혹은 더 정확히, "클라리시 리스펙토르의 서명"이라고. 클라리시 리스펙토르의 서명은 『별의 시간』의 가능한 제목들 중 하나로 표시될 수 있

---

* 원서에는 리스펙토르의 자필 서명이 네 번째 제목 아래에 들어가 있지만(우측 이미지 참조), 한국어판 『별의 시간』에서는 맨 아래에 수록되었다.

A HORA
DA ESTRELA

A CULPA É MINHA

OU

A HORA DA ESTRELA

OU

ELA QUE SE ARRANGE

OU

O DIREITO AO GRITO

Clarice Lispector

.QUANTO AO FUTURO.

OU

LAMENTO DE UM BLUE

OU

ELA NÃO SABE GRITAR

OU

UMA SENSAÇÃO DE PERDA

OU

ASSOVIO NO VENTO ESCURO

OU

EU NÃO POSSO FAZER NADA

OU

REGISTRO DOS FATOS ANTECEDENTES

OU

HISTÓRIA LACRIMOGÊNICA DE CORDEL

OU

SAÍDA DISCRETA PELA PORTA DOS FUNDOS

다. 모방된 것으로서. 원본 서명의 복제본으로서. 어쩌면 저자(클라리시 리스펙토르가 저자라면)의 고유명사의 (복제된) 이미지 자체가 이 책의 제목이다. 이 책의 가능한 고유명사들 중 하나인 것이다. 클라리시 리스펙토르의 서명을 사진으로 찍은 것이 여전히 그녀 자신의 이름이라고 할 수 있다면. 어쩌면 클라리시 리스펙토르라는 이름이 제안된 다른 제목들과 같은 가치를 지니게 된 것은 이러한 망설임 덕분인지도 모른다.

혹은, 만약 『별의 시간』이 클라리시 리스펙토르로 불리게 된다면, 우리는 이 책이 클라리시 리스펙토르의 전기라고 생각할 수 있을 것이다. 그것은 그녀의 이야기가 될 것이고, 동떨어진 자화상, 보통의 자화상보다 모델로부터 훨씬 동떨어진 자화상이 될 것이다.

혹은, 이 모든 제목들에게 박자를 부여하는 것 역시 하나의 제목이 될 수 있다.

그렇다. 이처럼 하나 이상의 제목을 지니는 이 책은 제목에 관해서만큼은 예외적인 풍부함을 뽐낼 수 있다. 그러나 이 풍부함은 파괴적이다. 그렇게까지 많은 제목은 과도하다. 하나가 다른 하나를 대체할 수 있다는 것은, 각각이 서로를 폐기하는 동시에 스스로 폐기된다는 것이기도 하다. 그런데 이 이야기의 등장인물들에게는 이것이 어울린다. 이 인물들은 이름을 얻는 일, 명부에 기록될 만큼 자신을 끌어올리는 일에 큰 어려움을 겪기 때문이다. 그것은 이 이야기가 몰두하는 인물이 단조로운 시리즈물에 나오는 단순한 전형이라서가 아니다.

그것은 그녀(이 인물은 여자가 될 것이다)가 이름을 얻고 식별되어 기입되는 단계 이하에서만 존재하고, 그러한 것을 요구할 줄도 모르기 때문이다.

그녀에게는 무게가 없다. '이름으로 불린다'는 것은 이미 엄청난 영예다. 자신을 '무엇'으로 여긴다는 것은 말이다. 그런데 '누구'로까지 여겨질 수도 있을까?

『별의 시간』은 제목에서부터 이미 겸손하고 흐릿하게 지워져 있다. 일종의 '당신 마음에 드는 대로'인 것이다.

그러면 **하나**의 제목이란 무엇일까? 어떻게 제목 **하나**를 선택할 수 있을까? 등장인물의 겸손한 그림자가 간신히 몸을 뻗는 세상에서, 선택이란 부유한 자들에게만 허락된 특권이다. 아무것도 가져본 적 없는 피조물, 아무것도 바라지 않으면서 모든 것을 바라는 이에게 선택을 해야만 한다는 것은 폭력이자 — 순교이다. 그에게 케이크 하나를 선택하는 것은 곧 선택하지 못한 모든 케이크를 잃는 것과 같다. 그는 선택**하는 법을 모르는데**, 왜냐하면 선택하는 법이란 부유하고 자유로운 이들의 과학이기 때문이다. 그리하여 그녀는 주저하고 기다린다. 그녀는 선택하지 않는다. 그러니 여러분이 그녀를 대신하여 선택해 달라. 그래서 돌연 그녀를 속박하고 짓눌러버리게 될 불가능한 자유로부터 그녀를 해방하여 달라.

한 톨의 존재인 마카베아에게 하나의 제목은 다른 제목과 다를 것이 없다.

하나의 피조물은 다른 피조물과 다를 바 없다.

타자? 타자! 아, 타자, 그것은 바로 신비의 이름이자 클라리시 리스펙토르가 모든 책에서 그를 위해 글을 썼던 희망의 대상, 즉 당신의 이름이다. 사랑해야 할 타자. 사랑을 시험에 들게 하는 타자. 어떻게 해야 타인을, 낯선 이를, 미지의 사람을, 결코-내가-아닌-이를 사랑할 수 있을까? 어떻게 해야 범죄자, 부르주아, 쥐, 바퀴벌레를 사랑할 수 있을까? 어떻게 해야 한 여자가 한 남자를 사랑할 수 있을까? 혹은 다른 한 여자를 사랑할 수 있을까?

『별의 시간』 전체는 이러한 신비로 진동하고 있다.

다음에 이어질 것은 이 책에 대한 조촐한 명상이다. 책들의 경계 바깥으로 나와 우리의 심장에 다가온 그 책.

이제 나는 좀 더 냉정한 톤으로 이 신성한 광채에 대해 이야기해 보려 한다.

H.C.*

한번 상상해 보도록 하자. 각자에게 가장 타자인 존재, 우리가 알아볼 수 있는 영역 안에 있으면서도 가장 낯선 존재인 피조물이 누구인지를. 이 지상에서 가장 낯설면서도 동시에 우리의 마음을 '건드리는' 피조물이 어떤 것인지를. 각자에게는 자기만의 낯선 존재가 있다. 클라리시에게는 **북동부**Nordeste에서 온 삶의 작은 한 조각이 그것이었다. 북동부는 슬픈 방식으로 유명해졌다: 쥐라도 먹을 수 있으면 행복한 곳. 오늘날에도 기아로 죽는 사람들이 있는 땅. 서구의 인도. 이 인물은 세계에서 가장 불우한 지역 중 한 곳에서 왔고, 클라리시에게 이것은 불우한-존재, 물려받은-것-없는-존재, 모든 것을 박탈당해 기억조차 없는—하지만 기억을 상실한 것은 아닌—존재에 대해 탐구하는 문제였다. 너무도 가난해서 존재의 모

---

* 엘렌 식수의 머릿글자이다.

든 곳에 가난이 스며든 존재. 피도 가난하고, 언어도 가난하며, 기억도 가난한 존재. 그러나 한 사람이 태어나서 가난한 존재가 되는 것은 단순한 일이 아니다. 그것은 다른 행성에 속한다는 것과 같다. 그리고 그 행성에는 문화와 양식糧食, 만족이 있는 다른 행성으로 이동할 수단이 존재하지 않는다.

클라리시가 선택한 '인물/아무도 아닌 자', 거의-여자인 그녀는 간신히 여자가 된 존재다. 그러나 그녀는 너무도 간신히-여자가 되었기에, 어쩌면 어떤 여자들보다도 직접적으로 더 여자인 존재일지도 모른다. 그녀는 너무나도 작고 미미해서 존재에 밀착해 있다. 마치 이 땅에 최초로 출현한 생명체와 친밀한 관계를 맺고 있기라도 한듯이. 그녀는 풀이다. 그리고 그녀는 풀 속에서 풀과 같이 끝난다. 풀인 그녀, 여자의 실오라기인 그녀는, 신체적으로나 정서적으로나 창조의 가장 밑바닥에, 창조의 시작과 끝에 자리한다. 그리하여 그녀는 백인이며 무거운 우리들보다도 더 직접적으로 '여자-존재'라고 부를 수 있는 가장 섬세한 요소들을 보여 준다. 그녀는 극도로 가난한 사람들이 그러하듯 주의 깊어서, 우리까지 하찮은 것들에 주의를 기울이게끔 하기 때문이다. 그리고 그 하찮은 것들이야말로 우리가 보통의 풍요로 인해 망각하고 억압한 우리의 본질적인 풍요다. 그녀가 욕망, 욕구를 발견할 때, 혹은 우리에게는 아무런 구미를 돋우지 않는 평범한 음식을 난생처음으로 맛볼 때, 그것은 그녀에게 새로운 발견이자 특별한 경이가 된다. 그녀의 경탄은 우리로 하여금 잃어버린 섬세함을 되찾게 한다. "플라스틱 병을 버려선 안 돼. 소중한 거야."

그녀가 아닌 이 여자, 우리가 아니고 나도 아닌 이 여자, 텍스트에서 이야기되듯 저자가 시장에 가는 길에 우연히 만났을지도 모르는 이 여자. 그녀에게 다가가 말을 건네기 위해서 클라리시 리스펙토르는 자신의 전全 존재를 이동시키고, 변형하고, 자기 자신으로부터도 멀어지는 초인적인 수련을 해야만 했다. 그렇게나 미미하고 투명한 존재에 다가가기 위하여. 어떻게 그녀는 충분히 낯설어질 수 있었을까? 그녀가 한 것은—어쩌면 '그녀'라고 해서는 안 될 수도 있다—가능한 한 자신에게 타자인 존재가 되는 것이었다. 그녀는 이 일을 놀라운 방식으로 해냈다. 가능한 한 가장 타자가 되기 위해 그녀가 택한 것은 남자로 변하는 것, **남자를 거쳐 가는 것**이었다. 역설적인 발걸음이었다. 텍스트는 거의-여자인 그녀에게 다가가기 위하여 (클라리시)-'나'가 면도도 하지 않고 축구도 포기했다고 말한다. 나는 남자로 변하고, 이 남자는 '나'를 더 빈곤하게 만든다. '나'는 남자로 변하는 것은 곧 빈곤해지는 것이라고 우리에게 암시한다. 그러나 클라리시 리스펙토르에게서 빈곤해지는 모든 과정이 그러하듯, 그것은 선한 운동, 금욕의 한 형태이며, 낯선 기쁨에 도달하기 위해 향유에 굴레를 씌우는 한 방식이다. 더욱이 이 남자는 스스로를 '수도사화'하고, 스스로 삼가고, 몸을 낮춘다. 이중의 빈곤화가 일어나는 것이다.

문제의 저자는 이러한 덜어냄이 왜 필요한지에 관해 몇 가지 설명을 제시하고자 한다. '나'는 말한다: 아무도 내 여주인공에 대해 쓸 수 없을 것이다. 나와 비슷한 남자만이 그녀에 대해 말할 수 있다. '여자 작가'라면 '감상적으로 눈물이나 흘릴 테니까'.* 뒤틀린 발언이

---

* 포르투갈어 원문은 다음과 같다. "Um outro escritor, sim, mas teria que ser

다. 조잡한 남성우월주의의 모조품 같다. 그렇지만 허울뿐인 말에도 이유는 존재한다. 이 발언은 자신의 성을 밝히지 않은 저자*에 의해 쓰였고, 저자는 우리를 혼란스럽게 하는 동시에 스스로도 혼란스러워하는 존재다. 그는 곡예처럼 위태롭게 걷는 꿈을 꾸게 만든다.

이 텍스트를 쓰는 '사람/남자l'homme'**는 누구인가? 아니, 이 텍스트를 쓰는 사람/남자는 어떤 여자인가? 아니, 이 텍스트를 쓸 수 있는 작가는 어떤 성에 속하는가? 아니, 내가 이 텍스트를 쓸 수 있는 사람이라면, 그때 나는 어떤 성에 속하는가? 혹은 이렇게 물어야 한다. 텍스트가 저자의 성을 결정하는가? 지금 내가 말하는 것은 성 속에 숨겨진 성, 상상적 성이다. 혹은 이렇게 물어야 한다. 저자의 저자는 누구인가? 그러니까 저자를 만들어 내는 것은 누구인가?

극도로 까다로운 주제로 인해 저자는 이렇게 물을 수밖에 없다. 지금 이 순간 나는 무엇이며, 나들은 누구인가? 질문들이 비상하며 한 쌍의 날개를 퍼덕인다. 하나의 흑 하나의 백 하나의 그 하나의 그녀 하나의 그+(녀) 하나의 그녀-(녀)……***

내가 누구인지 알고자 하는 이는 광기에 빠져든다……

그러나 어쩌면 이는 역설적 참일 수 있다. 마술적 진리. 변신들 속

---

homem porque escritora mulher pode lacrimejar piegas." 이것을 번역하면 "다른 작가라도 가능하겠지만, 남자여야 한다. 여성 작가는 감상적으로 눈물을 흘릴 수 있기 때문이다"이다. 이 책에서 엘렌 식수는 첫 번째 문장을 반대로 옮기고 있다.

* 이 글에서 엘렌 식수는 문법적으로 저자의 성별을 드러내야 하는 표현들을 의도적으로 회피하고 있다.

** 포르투갈어 homem과 프랑스어 homme는 '남자'로도, '인간'으로도 번역 가능하다.

*** 원문은 다음과 같다. une noire une blanche une il une elle une ile, une el… 여기서 저자는 모든 부정관사를 여성형 une으로 쓰고 있다.

에서 작동하는 진리. 그리하여 그는 수염 난 작가로 존재하는 중이고, 변형되는 중이며, 그렇게 존재하면서 존재하는 중이다.

[게다가 그의 인격은 이미 닳고 쇠약해졌다. 그는 대중매체에서 성공을 거둔 저자가 아니다. 그는 삶의 가장자리에 있으며, 그가 말하길 그에게 남은 것은 오로지 글쓰기, 그것뿐이다.]

클라리시, 아니, 그가 작은 실오라기 여자를 충분히 존중할 수 있는 최상의 거리를 발견하는 곳은 남성성의 말단이다. 즉 축구를 포함한 모든 즐거움을 포기한 헐벗은 존재로서이다.

그리하여 우리는 묻게 된다. 여자에게는 왜 그것이 가능하지 않았을까? 어떤 '나'가 클라리시를 대신하여 대답한다. 여자였다면 아마도 연민을 느꼈을 것이라고. ("감상적으로 눈물이나 흘릴 테니까" 같은 말은 시대상을 보여 주는 꽤나 훌륭한 비꼼이다.) 그러나 연민은 존중이 아니다. 지고의 가치를 갖는 것은 무자비함, 그러나 존중으로 충만한 무자비함이다. 책의 초반부에 저자는 연민하지 않을 권리를 지니고 말한다. (나, H.C.가 성을 특정하지 않는 부정법 동사를 쓸 수밖에 없었던 것은 젠더를 결정해 버리는 일을 피하고자 하기 때문이다.) 연민은 왜곡한다. 연민은 가부장적이거나 모성적이고, 덧칠하고 덮어 버린다. 그러나 클라리시 리스펙토르는 한 존재가 자신의 미미한 위대함 속에서 발가벗겨진 채 그대로 있도록 두려고 한다.

그러나 나는, 한 걸음 더 나아가, 나 또한 클라리시가 된 것처럼 속임수를 쓰고자 한다. 그리하여 여러분에게 이렇게 말한다. "그래요, 면도도 하지 않고, 삶의 가장자리에 있으며, 오로지 글쓰기밖에 안 남은 남자, 세속적인 야망이라곤 없고 사랑만 남은 남자(바로 그런 남자를 찾아내야만 한다)는 확실히 그런 무자비한 위치에 설 수 있을 거예요." 하지만 이 남자는 바로 클라리시이며—이것이 그녀의 천재성인데—그녀는 스스로 그렇게 말한다. 텍스트를 여는 헌사는 다음과 같이 구성되어 있다.

DEDICATÒRIA DO AUTOR

(Na verdade Clarice Lispector)

그런 다음 헌사는 음악의 기호들 아래에서 펼쳐진다.

저자 헌사*

(사실은 클라리시 리스펙토르)

나는 여기 이것을 지금은 슬프게도 유골로 남은 오래전의 슈만과 그의 사랑 클라라에게 바친다. 나는 이것을 혈기왕성한 인간/남자 인 나의 피의 짙고 검붉은 진홍색에 바치며, 따라서 내 피에 바친다. 무엇보다도 나는 이것을 내 삶 속에 사는 땅의 요정들, 난쟁이들, 공기의 요정들, 정령들에게 바친다. 나는 이것을 내 가난했던 과거, 매사에 절도와 위엄이 있었으며 바닷가재를 먹어 본 적이 없었던 시절의 기억에 바친다. 나는 이것을 베토벤의 폭풍에 바친다. 나는 이것을 바흐의 중성색이 진동하는 순간에 바친다. 나를 졸도시키는 쇼팽에게 바친다. 나를 겁먹게 했으며 나와 함께 불길 속에서 솟구

---

* 이 책에서 인용하는 『별의 시간』의 문장들은 국역본(『별의 시간』, 민승남 옮김, 을유문화사, 2023)의 번역을 따르되 이 책의 문맥에 맞게 일부 수정하였다.

친 스트라빈스키에 바친다. 리하르트 슈트라우스의 「죽음과 변용」에 바친다(이 곡이 내게 하나의 운명을 보여 주었던가?), 무엇보다도 나는 이것을 오늘의 어제들과 오늘에, 드뷔시의 투명한 베일에, 마를로스 노브레에게, 프로코피예프에게, 카를 오르프에게, 쇤베르크에게, 12음 기법 작곡가들에게, 전자 음악 세대의 귀에 거슬리는 여러 외침에 바친다. — 이들 모두가 나 자신은 알아차리지도 못했던 내 내면의 어떤 영역에 먼저 도달했던 이들, 즉 내가 '나'로 터져 나올 때까지 나에 대해 예언해 준 예언자들이다.

우리는 "저자(사실은 클라리시 리스펙토르)"가 보내는 모든 신호와 경고를 받은 셈이다. 따라서 이 텍스트의 저자는 신중하게도 자신을 괄호 속에서 3인칭으로 내세우는 사람이다. 저자는 단순하지 않다. 참된 저자는 존재하지 않으며, ( ) 사이에서 보류된 저자가 있을 뿐이다. 진리로서의 저자는 유보된다. 진리는 유보된다. 진정한 저자가 된다는 것은 유보 속에 있다는 것이다. 옆에 물러나 있다는 것이다. 유보가 없지 않은 텍스트. 진리로 충만하지만, 비스듬하게 그러한 텍스트.

(책의) 표지에 표기되어 있는 저자 클라리시 리스펙토르는 이 저자의 진리이지만, 모든 진리가 그러하듯 그녀는 비밀스럽게 감춰져 알아볼 수 없게 유지된다. 그런데 그녀가 빠져나갈 수도 있을까? 우리가 알 수 있는 것은 흉곽 속에 심장이 있는 것처럼 그녀가 그곳에 있다는 것뿐이다. 우리는 그녀가 삶의 박자를 두드리는 소리를 듣는다. 그렇다면 클라리시 리스펙토르의 진리는 무엇일까? (이 괄호 안에서 다른 괄호가 열릴 것이며, 그 안에는 난쟁이들과 요정들, 꿈과 말馬

들, 다양한 종의 피조물들이 우글댈 것이다.)

여기서 그녀가 우리에게 보내는 신호는 우리 실존의 가장 거대한 신비 중 하나이며, 현실의 삶 속에서 이 신비는 항상 너무도 잘 숨겨져 있다. 왜냐하면 삶이라는 무대에서 우리는 남자와 여자로 분배되어 스스로를 남자나 여자로 여기기 때문이다. 그런데 저자(클라리시)는 나아가 이 텍스트에서 스스로를 '이름하며' 이렇게 말한다. "오로지 나, '호드리구 S.M.'만이 이 여자를 사랑할 수 있다." 한편 텍스트는 '여자'에게 아주 늦게 이름을 부여하여, 그녀는 풀처럼 느리게 싹트게 된다. '호드리구 S.M.'인 나는 사실 괄호 안에 놓인 클라리시 리스펙토르이며, 오로지 '(사실은 클라리시 리스펙토르)'인 저자만이 그 여자의 시작에 다가갈 수 있다. 그것은 불가능한 진실이다. 그것은 **말할 수 없으며 증명할 수 없는 진실**, 오로지 괄호 속에서, 부제목으로, 뒤로 물러난 채, 존재의 여러 층들 사이에서, 하나가 다른 하나를 움직이며 말해질 수 있을 뿐인 진실이다. 이 불가능한 진실은 철학의 법정 앞에서는 스스로를 정당화할 수 없고, 단일한 화자의 담론이나 대중매체적 상상력의 장벽을 통과하지 못한다. 그것은 삶의 괄호 속에서 심장처럼 뛰고 있는 진리, 하나의 여성이다. 그리고 대답할 수 없는 나의 정체성이 말없이 박동하는 곳에서 인간 세계는 두 진영으로 나뉘게 된다. 당신은 그것을 이해하거나, 이해하지 못한다. 이것이거나, 저것이다. 두 개의 우주가 있고, 이 두 우주는 서로 소통하지 않는다. 당신은 그것을 느끼거나, 느끼지 못한다. 클라리시가 헌사의 끝부분에서 말하듯, 그리고 다른 곳에서도 자주 이야기하듯:

당신은 세상에서 가장 진실한 것조차 입증할 수 없으니, 트릭은 믿는 것이다. **울면서 믿으라.**

그렇다면 믿음은 하나의 기교인가? 혹은 기교는 믿음의 문제인가? 그렇다. 바로 그거다. 이것은 하나에서 다른 하나로 도약하는 문제다. 논리의 왕국에서부터 살아 있는 명증성의 왕국으로 넘어가는 것. 보증을 잃고 진실을 얻는 것. 단번에 그렇게 하는 것. 믿음이라는 트릭. 트릭truc: 이름붙일 수 없는 그 무엇*.

혹은, 우리는 울면서 믿는다. 그때 우리가 거주하게 되는 세계는 여성적 존재와 남성적 존재가 나란히 걸어가고, 교감하고, 서로를 어루만지고, 서로 존중하며, 콕 집어 설명할 수 없는 그 차이를 살아가는 세계다. 그리고 이 텍스트의 도입부가 우리에게 말하듯 그 세계에서 남성적인 것과 여성적인 것이 함께 조화를 이룬다면(서로 이해한다고 말할 수는 없는데, 왜냐하면 그들은 서로 이해하지 못하기 때문이다), 그것은 각자 자기 안에 여성적인 것과 남성적인 것을 지니고 있기 때문이다. 결합의 지점, 그게 아니라면 동일시의 지점이 분명 존재한다.

그렇지 않으면 우리는 이 가난한 책 속에 숨겨진 풍부함을 누리지 못할 것이다.

나는 이와 같은 신비를 환기하기 위해 로시니의 「탄크레디」를 연구한 적이 있다. 내가 로시니의 「탄크레디」와 탄크레디를 다룬 여러 작품들에서 흥미를 느꼈던 부분은 어떤 신비가 충분히 발전되지 않은 채로 주어진다는 점이었다. 여성인 만큼이나 남성이고 남성인

---

* 요령, 속임수, 트릭이라는 뜻을 지닌 프랑스어 단어 truc은 일상 대화에서 사물이나 사람을 이름 없이 가리키는 '거시기'나 '아무개' 등의 의미로도 사용된다.

만큼이나 여성인 한 인물의 실존이라는 신비는 증거와 함께 제시되지 않으므로, 그저 울면서 들을 수밖에 없다. 이것은 글쓰기에서보다 음악에서 더 쉽게 표현되는 신비다. 왜냐하면 문법적으로 정확한 문장을 구성하고 알맞은 성별을 부여하도록 강요받는 텍스트와 달리, 음악은 언어의 계율에 얽매이지 않기 때문이다. 텍스트로 픽션을 쓰는 사람은 해명의 책임을 진다. 그러나 음악과 언어의 혼종인 시에서는 신비롭고 멈추지 않는 삶의 무언가가 발생할 수 있다. 문법이 전복되는 곳, 성 구분의 법칙에서 벗어나 혀/언어가 자유로워지는 곳, 시의 춤, 시의 안쪽, 시의 춤 안쪽, 그 운동하는 미소微少세계, 프랑스어와는 전혀 다르게 말하는 시 안에서, 산문이 아닌 언어인 시는 단지 말하지 않고 언어와 함께 유희하며, 이는 노래로 표현되는 충동이다. 그런데 내가 여기서 말하는 시는 언어 속에서 다른 언어, 꿈-언어를 발명하는 시들을 의미한다. 그러한 시는 랭보, 첼란, 만델슈탐, 츠베타예바의 들뜬 침묵에서 솟아 나와 자신을 매어 둔 밧줄을 끊어 내고…… 네모난 틀을 깨트린다……

원초적 성찬식

이따금 나는 편의상의 이유로 '리비도 경제'를 이야기하곤 했다. 그러한 것이 존재한다고 말하는 것은 주요한 기능들을 구별하여 파악하려는 목적에서지만, 현실에서는 리비도 경제가 결정적으로 구별되어 파악되지는 않는다. 실제 상황에서는 그 특성들이 지워지거나 뒤섞이기도 하는 것이다. 나는 이러한 리비도 경제가 가장 잘 드러나고 잘 읽히는 순간을 급습하는 것을 즐긴다. 그것은 바로 내가

리비도 교육이라고 부르는 순간이다. 성장 문학의 내용과 기원을 이루는 **빌둥스로만**Bildungsroman은 그 이름 아래 한 개인의 발전과 역사, 개인의 영혼의 역사, 세상의 발견, 기쁨과 금기, 기쁨과 법에 관한 수많은 텍스트를 결집시키는데, 그 텍스트들은 모든 인간 이야기의 첫 번째인 **이브와 사과 이야기**의 자취를 따라간다. 세계 문학에는 리비도 교육에 관한 텍스트가 넘쳐난다. 왜냐하면 작가와 예술가들은 모두 언젠가는 자신의 고유한 '예술가-존재'의 발생, 그 숙명적 기이함에 관해 다루게 되기 때문이다. 그것은 지고의 텍스트, 우리가 삶을 얻거나 잃는 게임의 자리로 되돌아가 쓰는 텍스트다. 판돈은 단순하다. 여기서 문제가 되는 것은 사과다. 사과를 먹을 것인가 말 것인가? 열매의 내부로 들어가 그 내밀함과 접촉할 것인가 말 것인가?

책은 원초적 성찬식(장면)S-cène primitive으로 시작된다. 성찬식은 욕망과 금기, 대립되는 숨결들이 자리하는 곳이다. 주인공은 묻는다. 나는 향유할 것인가? 텍스트 역시 조심스레 질문을 던진다. 나는 내가 향유하고 너로 하여금 향유하게 하는 데까지 이를 것인가? 식탁에 앉을 시간이 되었다!

사과가, "그래"라는 말이, 저기서 반짝이며 욕망을 불러 일으킨다. 그 주변부에는 너무나 큰 순수함이 감돌고 있어 굶주린 자의 죄를 끌어당기지 않을 수 없다.

성배 전설에서 우리의 페르스발은 환상적인 만찬을 즐길 것인가 말 것인가? 이러한 이야기에서는 어린 시절처럼 **이른바 '여성적' 경제**가 행해진다. 그렇다, 여기서 이른바 '여성적'이라는 것은 페르스발의 경우에도 해당하는데, 왜냐하면 그것은 여자들의 전유물이 아니기 때문이다. 그렇다면 왜 '여성적'이라는 말을 쓰는가? 그것은 어떤 오래된 이야기 때문이다. 대문자 성서la Bible와 여러 성서들 les bibles 이래로 우리는 이브의 후손과 아담의 후손으로 나뉘게 되었다. 이 이야기를 쓴 것은 대문자 책le Livre이다. 대문자 책이 향유의 문제를 다룬 최초의 인간이 여자라고 쓴 것이다. 따라서 여성이다. 언제나 문화에 속해 있는 이 시스템에서 가장 먼저 시험을 받은 것은 한 '여자'이며, 다른 남자들과 여자들이 그 시험의 영향권 아래 놓이는 것은 그 이후의 일이다. 인생의 입구는 모두 **사과 앞에** 위치한다. 그리하여 나는 향유와의 관계, 소비와의 관계를 '여성적'이거나 '남성적'이라고 부르기로 했다. 우리는 언어 속에서 태어났으며, 나는 나에 앞서 존재하는 말들 앞에 설 수밖에 없기 때문이다. 말들이 거기 있다. 우리는 단어를 교체하고 다른 동의어로 대체할 수도 있지만, 그 동의어들 역시 '여성적' '남성적'이라는 말들만큼이나 굳어지고 고정되고 화석화되어 하나의 법으로서 우리에게 부과될 것이다. 그럼 어떻게 해야 할까? 마치 사과나무를 흔들듯, 언제나 말들을 흔들어 주는 수밖에 없다.

왜 '이른바 여성적 경제'와 '이른바 남성적 경제'를 구별해야 할까? 그토록 배반적이고 위험하며 전쟁을 도발하는 말들을 왜 그대로 써야 할까? 여기 덫이 놓여 있다. 그리하여 나는 나에게 시인의 권리를 주는데, 그렇지 않으면 나는 감히 말할 용기를 내지 못할 것이기 때문이다. 시인은 통상적이지 않은 무언가를 쓴 후에 이렇게 말할 권리를 지닌다. "믿고 싶다면 믿어라, 하지만 울면서 믿으라." 혹은, 시인은 지워 버릴 권리를 지닌다. 주네Genet가 했듯, 모든 진리는 거짓이며 거짓된 진리만이 참되다고 말하면서 말이다.

성찬식 장면 LA S-CENE DE LA CENE

우리 첫 번째 책의 첫 번째 우화는 법과 맺는 관계를 다루고 있다. 무대 위로 두 개의 커다란 마리오네트, 법의 말씀(혹은 신의 말씀)과 사과가 등장한다. 이것은 사과와 신의 말씀 사이에서 벌어지는 전투이다. 이 작은 연극에서는 모든 것이 한 여자 앞에서 움직인다. 이야기는 사과로부터 시작한다. 태초에 사과 한 알이 있다. 이 사과는 언급될 때마다 금단의-열매라고 말해진다. 사과가 있고, 그 즉시 법이 존재하게 되는 것이다. 이것이 리비도 교육의 첫걸음이다. 우리는 **비밀**을 경험하면서 출발하는데, 왜냐하면 법은 이해 불가능한 것이기 때문이다. 법은 그 지각 불가능성으로부터 빛을 발한다. 신이 말한다. "지식의 나무의 열매를 먹으면, 너는 죽을 것이다." 그러나 나에게 이 말은 전적으로 이해 불가능한 것이다. 이브는 죽음이 존재하지 않는 낙원의 상태에 있었고, 그런 그녀에게 "너는 죽을 것이다"라는 말은 아무것도 의미하는 바가 없었다. 그녀는 가장 불가해한 메시지를, 절대적 말씀을 받은 것이다. 이러한 절대적 말씀을 우리는 이후 아브라함이 신으로부터 이해 불가능한 것으로 보이는 명령(사랑하는 아들을 제물로 바치라는 명령)을 받고 어떤 의문도 없이 절대적으로 순종하는 이야기에서도 발견하게 될 것이다. 이것은 비밀의 경험이자 사과의 수수께끼이며, 이 사과는 모든 권능을 부여받은 존재다. 이야기는 지식이 입을 통해서, 즉 어떤 것의 맛을 알게 되는 것을 통해서 시작된다고 말한다. 지식과 맛은 함께 간다. 그런데 여기서 법의 부과가 지닌 신비가 실행된다. 법은 절대적이고, 언어적이고, 비가시적이고, 부정적이다. 상징적 힘이 부과되는 것이다. 법의 힘은 바로 자신의 비가시성, 비실존, 부정의 힘, '금단' 안에 존재한다. 그리고 법의 맞은편에 사과가 있다. 사과는 존재하고, 존재하고, 존재한다. 현존과 부재 사이의 전투. 욕망할 수 없고, 확인할 수 없고, 확정할 수 없는 부재와 그저 현존이기만 한 것 이상인 현존 사이의 전투. 사과는 가시적이다. 사과는 약속이다. 사과는 부름이다. "나를 입술로 가져가라." 사과는 속이 꽉 차 있고, 내면을 가졌다. 이브가 자신과 구체적인 현실과의 관계 속에서 발견하게 될 것은 사과의 내면이며, 이 내면은 선하다. 우화는 우리에게 '여성성'이 어떻게 입, 특정한 구강적 향유를 통해, 그리하여 내면에 대한 비-두려움을 통해 발생하는지 이야기해 준다.

나는 나만의 방식으로 읽는다. 놀랍게도 가장 오래된 꿈의 책은 이브가 자신의 내면도, 타자의 내면도 두려워하지 않았음을 암호화된 방식으로 이야기해 준다. 내면, 침투, 안쪽과의 접촉과 관계를 맺는 것은 긍정적인 일이다. 물론 이브는 그로 인해 벌을 받지만 그것은 다른 문제다. 그것은 신과 사회가 품은 질투에 관한 문제다.

사과가 무엇을 품고 있기에 그것을 맛보는 행위가 죽음으로 이어지는지, 신은 안다.

혹은, 금기는 아브라함에게 내려진 명령, 너는-죽을-것이다만큼이나 부조리한 것이 분명한 그것을-하지-말라는 명령과 대칭을 이룬다.

혹은, 사과는 그 자체로 의미하는 바가 없는, 신과 나 사이의 전쟁이 벌어지는 스크린이다.

결국 나는 사과를 들고 한 입 베어 문다. 왜냐하면 '그것이 나보다 강력하기' 때문이다.

한 번의 향유는 한 번의 죽음과 맞먹는다. 욕망에 사로잡힌 여자들은 그렇게 생각한다. 에서*의 굶주림 대신, 낯설고도 흔한 열매를 입술로 알고자 하는 열망. 생명을 잃을 위험을 무릅쓰고서. 그는 말한다. 기꺼이 그러한 대가를 치를 준비가 되었다는 것, 바로 그것이 질책받아 마땅한 일이라고. 그녀는 말한다. 바로 그것이 사과의 증거이며, 본질적 진실이라고. 향유는 곧 자신을 상실하는 것인가? 자신을 상실하는 일은 몹시도 큰 기쁨이다······

바로 여기서부터 "너는 들어가지 못할 것이다"라는 명령들의 계열이 시작된다. 향유의 장면이 그 기원에서부터 이러한 형식을 띤다는 것은 사소한 일이 아니다. 이것은 게임이면서 게임이 아니기도 하다.

나는 성배 전설의 페르스발에게서 이것을 다시 발견한다. 법에 무심한 무의식을 담은 텍스트를 읽는 것은 멋진 일이다. 비록 법은 언제나 야생의 무의식을 따라잡지만 말이다. 페르스발은 다른 모든 것에 앞서 한 여자의 아들이다. 그에게는 아버지가 없다. 야생의 상태에 놓인 소년은 향유와 행복 속에 있다. 그는 벌거벗은 존재다. 이후 그는 교육을 받아 기사로 성장하며, 갑옷을 입고, 자신을 팔루스화하고, 검을 들고, 일련의 시련을 겪는다. 페르스발의 '형성'에서 결정적인 장면 중 하나는 이브와 사과 이야기의 또 다른 판본이다. 여자의 아들인 페르스발은 걸을 수 없는 왕, 환대하는 자이며 거세된 존재인 어부 왕의 궁에 도착한다. 그는 화려한 만찬에 초대되

---

* 구약성서에서 에서는 아브라함의 손자, 이삭과 리브가의 아들이며 야곱의 형이기도 하다. 사냥에 실패해 굶주린 채 돌아온 에서는 팥죽을 줄 테니 장자의 권리를 달라고 하는 야곱의 제안을 대수롭지 않게 받아들여 넘겨준다.

고, 온갖 **훌륭한** 음식을 대접받아 즐긴다. 그런데 하인들의 행렬이 호화로운 요리를 다른 방으로 나르는 것이 보인다. 이 장면에 매료된 페르스발은 무슨 일이 벌어지는 중인지 묻고 싶어 죽을 지경이 된다. 그러나 그의 교육자는 그에게 이렇게 말한 바 있다. "너는 거칠고 예의를 모른다. 한 가지 알아 두어야 할 것은, 사람들은 살면서 함부로 질문하지 않는다는 것이다." 제대로 교육받지 못해 미숙한 그의 앞으로 창 하나가 여러 차례 지나간다. 창 끝에 핏방울이 맺혀 떨어진다. 바로 그때 이야기가 개입하여 외친다. "그런데 페르스발, 질문할 건가? 언제 결심할 건가? 자네는 끔찍한 죄를 저지르는 중이고, 그래서 벌을 받게 될 거야." 독자는 불안해하며 이야기와 주인공 사이에 놓이게 된다. 그리고 교육자의 충실한 학생인 페르스발은 아무 질문도 하지 않는다. 만찬이 끝나자 성은 동화 속에서처럼 한순간에 사라지고, 페르스발은 한 소녀를 만나게 된다. 그녀는 이렇게 말한다. "이제 네 이름은 페르스발이야." 왜냐하면 그때까지 그에게는 이름이 없었기 때문이다. 그는 **이름**의 벌을 받는 것이다. 행복한 익명성으로부터 끌려 나와 이름의 굴레를 지게 된 그는 지시되고, 고발되고, 분리되어 법정에 회부된다. 페르스발은 용서받을 수 없는 죄를 저질렀다. 이야기가 분개하며 말하길, 페르스발은 누구를 그런 방식으로 대접했는지 물었어야 했다. 그는 묻지 않은 죄로 벌을 받는 것이다. 그는 자신이 저지른 죄와 (하지만 대체 어떤 죄란 말인가?) 그것이 즉각적으로 초래한 파국적 결과로 인해 유죄를 선고받는다. 이야기는 우리에게 그가 어부 왕을 구할 수 있었다고, 우주를 구할 수 있었다고, 하지만 이제는 모두 끝나 버렸다고 알려준다. 이 텍스트를 읽으며 독자는 화가 나서 말하게 된다. "이건 정당하지 않아. 나는 그 이유를 모르고, 페르스발도 몰라. 그는 그가 해서는 안 됐던 어떤 것을 하지 않았다는 이유로 처벌받은 거야." 그러자 이야기가 속삭인다. "그러니까 모르겠단 말이지?" 우리는 이름도 형체도 없는 법의 세계 안에 있으며, 법은 유령성과 부정성이라는 기이한 '고유성'을 지닌다. 텍스트는 마치 당신이 이미 법 안에 있도록 선고받았다고, 다른 방법은 없다고 말하는 듯하다.

부조리를 통한 증명. "그 누구도 법을 모르는 것으로 간주되지 않는다(그러나 사실은 모든 사람이 법을 모른다)"는 잔인한 비밀. 치명적한 쌍: 법과 나. 심연이 눈먼 자를 기다린다.

동시에 이 텍스트는 시적인 텍스트로서 순수의 세계와 향유의 세계의 몫을 할당해 주기도 한다. 법이 음모를 짜는 동안 페르스발은 극도의 행복 속에 있으며, 그는 진귀한 것들을 먹고 할 수 있는 한 최대한으로 향유한다. 그러다 돌연 추락한다. 아니, **이미 그는 추락해 있다.** 다른 세계, 이유를 제시하지 않는 절대적 법의 세계로. 정의 불가능한 정의에 따르면 바로 그런 것이 법이다: 순수한 반-향유. 페르스발이 이러한 실추를 겪는 것은 그가 어머니의 아들로 숲에서 자랐으며, 여전히 그 안에는 여자의 젖이 가득하기 때문이다. 그리하여 그는 앞으로 자신의 남성성의 조각들을 신중하게 지키게 될 만큼 혹독하게 '할례'를 받게 된다.

향유와의 관계, 법과의 관계, 그리고 이 상호 적대적이고 기이한 관계에 대한 개인의 반응은 우리가 남성인지 여성인지와 무관하게 다양한 삶의 길을 그려 낸다. 그것을 결정하는 것은 해부학적 성도, 본질도 아니다. 이것은 우리가 결코 벗어날 수 없는 우화이며, 개인적이고 집단적인 역사, 문화적 틀이다. 개인은 그러한 틀과 협상하고, 그로부터 나온 소여들에 적응하고, 재생산하고, 혹은 우회하고, 극복하고, 넘어서고, 횡단하고—거기에는 수천 가지 방법이 있다—진정으로 '두려움도 비난도 없는' 우주에 합류하거나 결코 합류하지 않는다. 전설 속에서는 여자들이 향유에 접근할 기회를 더 많이 얻는다. 왜냐하면 모든 여자들은 잠재적으로나 실제적으로 어머니이며, 그리하여 내면의 경험, 타자가 지닌 능력에 대한 경험, 타자에 의해 부정적이지 않은 방식으로 변화한 경험, 선한 수용성의 경험을 지니게 되기 때문이다. 그렇지 않은가?

클라리시 리스펙토르의 리비도 교육

우리는 인생의 중요한 경험들, 이별의 경험, 사랑에서 소유와 비소유, 통합과 비통합의 경험, 비유적인 애도와 실제 애도의 경험을 비롯하여 다양한 경제와 구조에 의해 지배되는 모든 경험 속에서 타자에게 어떻게 행동하는가? 우리는 어떻게 상실하고, 보존하고, 기억하고, 망각하고, 갖고, 받아들이는가?

클라리시 리스펙토르의 작품은 '전유' 행위와 관련하여 향유-주체의 가능한 모든 위치를 연출해 보여 준다. 다른 누군가에게 고유한 것을 사용하고 남용하는 장면들을 말이다. 그리고 이는 가장 섬세하고 미묘한 디테일로 제시된다. 텍스트는 끊임없이 전유의 운동에 맞서 싸우는데, 전유란 아무리 순수해 보일지라도 치명적으로 파괴적이기 때문이다. 연민은 파괴적인 것이 아닌가? 잘못된 사랑은 파괴하고, 잘못된 이해는 소멸시킨다. 손을 내밀었다고 생각하는가? 실제로는 때리고 있는 것이다. 클라리시 리스펙토르의 작품은 드넓은 **존중의 책**이다. **선한 거리의 책**이다. 그리고 그녀가 여러 이야기 속에서 말하듯, 이러한 선한 거리는 모세적 율법과 자기 중심성에서 벗어나는 끈질긴 노력으로만 얻을 수 있다. 우리의 적은 맹목적이고 탐욕스러운 자아다. 『별의 시간』은 이렇게 선언한다.

이 이야기는 내가 다른 사람이 되었다가 마침내 하나의 사물로 구체화되면서 끝날 것이다. 그렇다, 심지어 이 이야기는 감미로운 플루트가 될 수도 있고, 그 플루트는 마치 유연한 리아나 덩굴처럼 그것을 휘감으려는 나에게 뒤덮일 것이다.

우리는 이것이 단지 은유에 불과하다고 생각할 수 있지만, 이러한 자기 변형에 도달하는 것, 덩굴처럼 자신으로부터 멀리 나아가는 것이야말로 모든 작가의 꿈이다. 그것은 나라는 존재가 광대한 물질적 우주의 한 요소, 상상적인 것에 사로잡힌 한 요소에 불과하다는 것을 상기시킨다.

비록 내가 현실에 대해 추측하는 동안 나를 앞으로 나아가게 할 종소리가 울려 퍼지길 바라지만 말이다. 그리고 만약 천사들이 마치 투명한 말벌들처럼 나의 뜨거운 머리 주위에서 퍼덕인다면, 그럼 더 쉬워질 것이다.

우리가 클리셰 형태로 아는 것이 반복되며 끊임없이 되돌아온다. 우리는 먼지라는 것. 우리는 원자라는 것. 만약 우리가 원자라는 사실을 잊지 않는다면 우리는 다르게 살고 다르게 사랑하리라는 것.

더 겸손하고 더 넓게 사랑하리라는 것, 세상에 있는 '당신은 ~이다' 들을 어떤 목적도 없이 공평하게 사랑하리라는 것.

나는 여기 이것을 지금은 슬프게도 유골로 남은 오래전의 슈만과 그의 사랑 클라라에게 바친다. 나는 나를 혈기왕성한 인간/남자인 나의 피의 짙고 검붉은 진홍색에 바치며, 따라서 나는 나를 내 피에 바친다. (…)
— 이들 모두가 나 자신은 알아차리지도 못했던 내 내면의 어떤 영역에 먼저 도달했던 이들, 즉 내가 '나'로 터져 나올 때까지 나에 대해 예언해 준 예언자들이다.

이 헌사에서 섬광처럼 즉각 알아볼 수 있는 특징은 ('진실'이 괄호-사이의-클라리시-리스펙토르라는 점을 제외하면) "**나를** 바친다Je me dédie"에 있다. 나는 처음에 이러한 문장을 읽게 된다. "나는 여기 이것을 (…) 오래전의 슈만과 그의 사랑 클라라에게 바친다". 여기서 이것이란 책이어야만 할까? 아니다. 다음 문장에서는 '나'를 헌정하고 있다. "나는 나를 (…) 나의 피의 짙고 검붉은 진홍색에 바치며". 달리 말해 "이것"은 책이면서 '나'다. 우리는 이미 변신의 도정에 있다. "무엇보다도 나는 나를 내 삶 속에 사는 땅의 요정들, 난쟁이들, 공기의 요정들, 정령들에게 바친다." 몸들이 나아가는 중대하면서도 고분고분하지 않은 길을 계속 따라가 보도록 하자.

이 '나'는 당신들 모두이다. 나는 그저 나만으로 존재하는 걸 견딜 수 없으므로, 나는 살기 위해 타인들을 필요로 하므로, 나는 바보이므로,

나는 완전히 비뚤어진 자이므로, 어쨌든, 당신이 오직 명상을 통해서만 이를 수 있는 그 완전한 공허에 빠져들기 위해 명상 말고 무얼 할 수 있겠는가. 명상은 결론을 필요로 하지 않는다: 명상은 그 자체만으로 목적이 될 수 있다. 나는 말없이, 공허에 대해 명상한다. 내 삶에 딴죽을 거는 건 글쓰기다.

그리고—그리고 원자의 구조는 눈에 보이지 않지만, 그럼에도 세상에 알려져 있다는 걸 잊지 말라. 나는 한 번도 본 적이 없는 것들을 많이 안다. 당신도 마찬가지다. 당신은 세상에서 가장 진실한 것조차 입증할 수 없으니, 그저 믿을 수 있을 뿐이다. 울면서 믿으라.

우리가 우리 삶에서 소중한 여러 달의 시간을 '입증'하느라 애쓰며 헛되이 소모한다고 생각해 보라. 그 소중한 시간을 비판적 소환의 덫에 걸려들고, 비판의 법정으로 끌려가 이런 말을 듣느라 허비한다고 생각해 보라. "증거를 대시오. '여성적 글쓰기', '성차'가 무엇인지 설명해 보시오." 나는 이렇게 답해야 할 것이다. "증거 따윈 필요없소*flûte pour les preuves! 나는 살아 있소." 감미롭게 엉킨 플루트 소리…… 나는 글을 쓸 때만 차분해질 수 있다. 그러나 글을 쓸 때 나는 이렇게 말하게 된다. "이것으로는 충분하지 않아. 다른 무언가를 해야만 해." "설명하기". 설명할 수 없는 것을 설명하기. 그러나 진실이 이러하다는 것은 진실이다. 당신은 모르는 채로 아는 것이고, 그 알지 못하는 앎은 타인이 당신과 공유할 수 있는 기쁨의 섬광이다. 그게 아니라면 공유할 수 있는 것은 아무것도 없다. 우리

---

* 프랑스어 단어 flûte는 악기 플루트를 의미하기도 하지만, 불만이나 실망을 나타내는 감탄사로 쓰이기도 한다.

는 이미 개종하지 않은 사람을 결코 개종시킬 수 없다. 우리는 다른 행성에 뿌리 내린 심장을 결코 건드릴 수 없다.

가진 것을 소유하는 법을 알기

클라리시 리스펙토르의 텍스트들은 섬광과도 같은 이야기들을 전해 준다. 그것은 그녀가 말하듯 "사실들"이며, 삶에서 돌연한 드라마를 만들어 내는 순간들, 지금들이다. 이는 연극적 비극이 아니라 삶의 생명력을 이루는 드라마들이다. 그렇게 우리는 삶에서 경련을 일으키는 것, 사유 안에서 자신을 드러내고자 하는 것, 실행되고 피어나는 것에 이름을 붙일 수 있다. 그녀의 여러 텍스트는 소유의 문제, 우리가 가진 것을 소유하는 법을 아는 문제를 다룬다. 이것은 세상에서 가장 어려운 일 중 하나다. 가련한 인간 존재인 우리는 무언가를 겨우 소유하자마자 곧바로 잃어버리고 마는 법이기 때문이다. 어부의 아내 이야기에서처럼, 불행히도 우리는 소유의 악마, 끝없는 소유욕의 악마의 먹잇감이 되곤 한다. 어부의 아내는 자신이 가진 것을 결코 소유하지 못한다. 무언가를 갖는 순간 그녀는 다음 것을 소유하길 원하게 되며, 그렇게 무한히 이어지다가 끝내 0인 상태로 되돌아간다. 가진 것을 소유한다는 것이야말로 우리 행복의 열쇠다. 우리는 갖고 있고, 많이 가졌지만, 가졌다는 바로 그 이유로 우리는 갖게 되자마자 갖고 있다는 사실을 망각해 버린다.

가진 것을 소유하기 위해서는 어떻게 해야 할까? 거기에는 비밀이 있다. **은밀한 기쁨**이라는 비밀이. 이것은 어린 시절의 이야기, 몇 페이지 남짓의 예언적인 작은 책과 관련이 있다. 두 명의 소녀가 있다. 하나는 어린 클라리시다. 다른 하나는 서점 주인을 아버지로 둔—그렇다면 그녀는 틀림없이 천국에 있는 것이다—어린 빨간 머리 친구이다. 그녀에게는 아버지와 책이 있다. 그러나 인생이 늘 그렇듯 우연히도 이 빨간 머리 소녀는 작은 악동, 고약한 마녀기도 하다. 그녀는 클라리시에게 엄청나게 특별한 책을 빌려주겠다고 말한다. 그리고 "우리 집에 오면 책을 줄게"라는 말로 몇 주간 클라리시를 걷고 또 뛰게 만든다. 클라리시는 절대적 행복 속에서 도시를 가로지른다. 마법에 걸린 그녀의 발걸음 아래에서 도시는 바다가 된다. 온 세상이 기뻐한다. 그녀가 도착하면, 빨간머리 작은 악당이 문을 열어 준 후, 매번 이렇게 말한다. "책이 없어. 다음 주에 다시 와." 클라리시는 희망으로 가득한 하늘, 희망의 천국에서 추락한다. 그리고 다시 일어선다. 붕괴와 비상, 하나가 다른 하나를 이끌며 다시 태어나는 과정. 클라리시는 변함없이 그 문으로 돌아온다. 어느 날 작은 악당의 어머니가 그 현장에 나타나 증오-기계를 발견하게 될 때까지. 그녀는 딸의 악행을 보고 가슴이 찢어지지만, 세상의 모든 딸들의 어머니로서 즉시 회복의 조치를 취한다. "책을 빌려주거라!" 클라리시가 덧붙이길 어머니는 이렇게 말했다고 한다. "네가 원하는 만큼 간직해도 돼." 그렇게 어머니는 욕망하는 소녀에게 이 책의 끝-없음을 선사한다. 불행한 행복! 클라리시가 이 끝없음의 책을 마음껏 이용할 수 있게 된 순간부터, 도시를 가로지르는 여정, 욕망, 뒤틀리고 고통스러웠던 모든 행동은 어떻게 될 것인가? 그녀는 이제 모든 것을 가졌으므로 모든 것이 그녀에게서 벗어나 영원히 사라질 것인가? 그러나 한 가지 제약이 있다. 빨간 머리 소녀의 어머니는 책을 준 것이 아니라, 그녀가 원하는 만큼 간직할-수-있도록 준 것이다. 이것이 이 이야기의 교훈이다. 네가 그것을 원할 힘을 지닌 한 그것은 네 것이다. 그러자 클라리시는 이 '원하는 만큼'의 기간이 끝나지 않게 하기 위해 놀랍고도 마법 같은 방법을, 멋진 마술을, 사용할 수 있는 온갖 방법들을 발명하기 시작한다. 그녀는 책을 **갖고 있는데**, 그것을 '소유'하기 위해서는 무엇을 해야 할 것인가? 계속해서 새로이 현시되는 현재를 발명해야 한다. 이제 그녀는 자신이 욕망하는 것 대신 자신이 가진 것을 즐긴다. 그녀는 소유의 맥박이 뛰게 하고, 그것을 게임으로 만들고, 가볍게 움직이게 하고, 진동하게 하고, 일종의 동화적인 직관으로 그것을 소비하거나 탐닉하는 우를 범하지 않는다. 그녀의 소유는 타르틴을 만드는 것으로 시작한다. 그녀는 부엌과 책, 타르틴을 오가고, 그녀는 텍스트의 타르틴을 결코 탐닉하지 않는다. 그다음에 그녀는 책을 무릎에 두고 해먹에 앉아 그에 몸을 맡긴 채 문자 그대로 흔들리다 잠들지만, 책을 읽지는 않는다. 그녀는 여전히 책을 읽지 않고, 그런 뒤 처음부터 다시 시작한다. 그리고 자신이 가진 것을 영원히 계속 소유하기 위해 그녀는 가장 심오하고 섬세하며 정교한 모든 속임수를 찾아낸다. 소유를 잃지 않기 위해, 소유로 가득한 소유로 만들기 위해. 텍스트가 꿰뚫어 보듯 어린아이 속에는 이미 여자가 존재하고, 기다림과 약속을 향유하는 연인이 존재한다. 그녀는 이미 소유를 향유하는 행복을 누리고, 그리하여 세계에는 향유할-것이 존재하게 되며, 세계는 약속의 책이 된다. 그리고 이러한 행복은 또한 행복의 징조이기도 하니, 그녀는 그것을 "은밀한 기쁨"이라 부른다.

그렇다, 기쁨은 은밀할 때만 존재할 수 있다. 기쁨은 언제나 은밀할 것이며, 행복은 자기만의 비밀이 된다. 우리는 파괴하거나 소유

권을 부여하는 일 없이 소유하는 법을 알 때에만 소유할 수 있다는 것을 알아야만 한다.

비밀은 소유한다는 것의 은총을 매 순간 기억하는 데 있다.

갖고자 희망하는 숨 가쁜 경쾌함을 소유 안에 간직하기. 가지지 못한 직후에 갖기. 가지지 못할 뻔했을 때의 감정을 항상 지니기. 소유한다는 것은 언제나 기적이므로.

그리고 소유 안에서 받음의 놀라움과 도착의 반짝임을 끊임없이 재발견하기.

클라리시 리스펙토르의 글에서는 앎에 관한 모든 교훈이 우리에게로 스며들어 오지만, 그것은 사는 법에 관한 앎이지 아는 법에 관한 앎은 아니다. 사는 법에 관한 첫 번째 앎은 **알지 않는 법을 아는 것**으로 이루어진다. 단순히 모르는 것이 아니라 알지 않는 법을 아는 것, 앎 속에 자신을 가두지 않는 것, 자신이 아는 것보다 더 많거나 더 적게 아는 것, 이해하지 않는 법을 아는 것, 결코 이편에만 머무르지 않는 것을 말이다. 이는 아무것도 이해하지 않는다는 것이 아니라, 이해 속에 자신을 가두지 않는다는 것을 의미한다. 그녀가 무엇인가 알게 될 때마다, 그것은 넘어서는 발걸음이 된다. 그다음에는 비-앎을 향해 도약해야 하며, "손에 사과 한 알을 든 채"* 어둠 속을 걸어가야 한다. 손끝으로 세상을 보는 것. 이것이야말로 탁월한 글쓰기가 아닐까?

어둠 속을 더듬어 사과를 찾는 것은 발견의 조건이자 사랑의 조건이다. 클라리시 리스펙토르가 단편 「외인부대」에서 말하듯 말이

---

* [원주] 『어둠 속의 사과La pomme dans le noir』는 클라리시 리스펙토르의 책 제목이다.

다. "뭘 어떻게 해야 할지 나는 모르기 때문에, 나는 아무것도 기억하지 못하기 때문에, 또한 밤이기 때문에 — 그러다가 마침내 나는 손을 뻗어 아이를 구한다."* 내가 이해하는 바는 다음과 같다. 나는 두 가지 조건에서만 아이를 구할 수 있다. (하나는 다른 하나의 조건에 지나지 않는다.) 아이를 앞지르지 않는다는 조건, 그 또는 그녀보다 더 많이 알지 않아야 한다는 조건. 아이의 싹트는 젊은 기억을 짓누르지 않기 위해서는 무겁고 오래된 기억을 갖지 않아야 한다. 내가 다정하게 손을 뻗어 구할 수 있으려면, 나는 어둠에서부터 출발해야 한다.

「외인부대」에 대해 말해 보자. 이 이야기는 성인인 클라리시와 같은 건물에 사는 어린 소녀 오펠리아 사이에서 벌어지는 잔혹한 이야기다. 이 어린 소녀는 클라리시의 집에 불쑥 찾아오는 버릇이 있다. 그녀는 조숙한 숙녀이며, 그녀가 절대적인 통제 안에서 명령적이고 권위적일 수 있는 것은 탁월함이 아니라 결핍, 공격성, 순진한 폭력성 때문이다. 그녀는 클라리시에게 훈계를 하곤 한다. 이 꼬마 주인님께서 "그것을 (사지) 않았어야 했어요, 그것을 (하지) 않았어야 했어요"라고 꾸짖는 것이다. 언젠가 돌연 어린아이 같은 면모를 드러내게 될 때까지. 어느 날 오펠리아는 부엌에서 짹짹대는 소리를 듣는다. 병아리의 울음소리였다. 그녀에게 처음으로 자신을 앞서는 무언가가 생겼다. 허를 찔린 것이다. 클라리시는 오펠리아의 눈에서 끔찍한 드라마를 본다. 그녀는 난생처음으로 사무치는 욕망의 화살에 맞은 피조물이었다. 오펠리아는 이 고통스런 욕망에 힘

---

* 국역본 단편선집의 번역을 따랐다. 『달걀과 닭』, 배수아 옮김, 봄날의책, 2019.

겹게 맞선다. 상처의 세계, 사랑의 세계, 타인의 손길에 내맡겨지는 세계로 들어가고 싶지 않은 것이다. 그러나 어쩔 수 없다. 그녀는 자신 안에서 욕망을 발견하고, 그리하여 타자에게 개방되어 상처받고 변화할 가능성을 발견하게 된다. 마침내 그녀는 그에 굴복하고, 자신에게서 욕망이 솟아오르는 것을 피할 수 없음을 깨닫는다. 그러나 이것을 클라리시에게 드러내고 싶지는 않다. 이제 소녀의 작전이 시작된다. 어떻게 해야 실추 없이 이 상처, 이 욕망을 고백할 수 있을까? 그리하여 모든 것이 침묵과 술책과 사랑으로 이루어진 아름다운 장면이 펼쳐진다. 클라리시의 은밀한 접근: 죽을 만큼 갖고 싶어 하는 것이 훤히 보이는 병아리를 그녀에게 주려면 어떻게 해야 할까? 클라리시는 소녀에게 병아리를 줄 수가 없다. 그럴 경우, 마음을 닫은 채 단호한 거부의 태세를 취하는 이 소녀는 감당할 수 없는 선물을 받은 입장이 되어 채무 관계에 놓이게 되기 때문이다. 증여와 빚, 교환과 은혜의 가장 단순하고도 초보적이며 놀라운 메커니즘이 전부 작동하기 시작한다. 이 어린 소녀는 "감사합니다"라고 말해야 할 바에는 아무것도 갖지 않을 것이다. 따라서 그녀에게 병아리를 줄 수 있는 유일한 방법은, 주지 않는 것, 그녀가 직접 가져가게 하는 것이다. 클라리시는 사라져야 한다. 상징적 어머니의 자리에 있는 이는 물러나야 한다. 아이가 신으로부터 직접 받은 것처럼, 혹은 아무에게도 빚지지 않고서 그저 얻은 것처럼 누릴 수 있게 해야 한다. 클라리시는 침묵이 된다. 무無가 된다. 결국 소녀는 클라리시를 두고 홀로 부엌으로 간다. 텍스트는 침묵이 너무 오래 지속되었다고 기록하고 있다. 소녀가 돌아오고, 서둘러 부엌으로 간 클라리시는 그곳에서 병아리가 죽어 있는 것을 발견한다.

부엌에서는 일상적인 애도가 이루어진다. 우리는 너무나도 자주 빛의 희생양이 되는 존재들이기 때문이다. 이 장면에서 피할 수 없는 사실은, 클라리시가 어린 소녀에게 병아리를 준 방식이 더도 덜도 아닌 그녀가 할 수 있는 딱 그만큼이었다는 것이다. 그러나 소녀는 병아리를 갖는 순간 그것을 잃어버리는 식으로밖에는 그것을 소유할 수 없는 상태였다. 그녀에게 병아리는 과도한 존재였다. 그럼에도 불구하고 소녀는 자신이 할 수 있는 만큼 많이 병아리를 소유했으니, 그것은 동시에 너무나도 부족한 것이었다. 그리고 클라리시는 소녀가 할 수 있는 만큼 병아리를 가지도록 했으니, 그것은 곧 완전한 상실이었던 것이다.

필요로 한다는 것besoin*의 축복

『G.H.에 따른 수난』에서는 사랑한다는 일의 모든 신비가 매 쪽마다 설명된다. 사랑의 신비는 너무나 미묘하고도 역설적이어서, 때때로 사랑과 사랑하지 않음은 두 개의 눈물처럼 서로 닮아 있다.

수난은 필요로 한다는 것을 향한 찬가이며, 삶이 곧 '당신'을 향한 숙명적 허기와 갈증임을 기리는 것이다.

이제 나는 당신의 손을 구한다. 내가 두려워서가 아니라 당신이 두려워하기 때문이다. 이 모두를 믿는 것은, 일단은 당신에게 거대한 고

---

* 이 절에 나오는 핵심적인 표현 avoir besoin은 문맥에 따라 '필요로 하다' '구하다' 등으로 번역하였다.

독이 될 것이다. 하지만 언젠가 당신은 고독 때문이 아니라, 지금 내가 그러하듯이 사랑 때문에 내게 손을 내어주는 순간이 도래할 것이다. 나처럼 당신도 신의 극단적으로 끈질긴 온화함에 자신을 바치기를 두려워하지 않게 될 것이다. 고독이란 오직 인간의 운명만을 사는 걸 의미한다.

또한 고독은, 구하지 않는 것이다.*

여러분은 이 말에 귀 기울여야 한다. 이것이야말로 어떤 경제에 대한 가장 아름답고, 가장 고귀하며, 가장 겸손한 정의다. 그리고 나는 이 경제가 '여성적'이라고 감히 말하고 싶다.

구하지 않음은 한 인간을 매우 외롭게 만든다. 아, 구함을 통해서 사람은 고립되지 않는다. 사물은 사물을 필요로 한다.

여기서 그녀는 '인간homme'이라고 말하고 있다. 그러나 사유하는 여성을 '인간'이라고 말하는 것은 또한 미묘한 겸손이라고 할 수 있다.

아, 내 사랑, 당신은 궁핍을 두려워할 필요가 없다. 그것은 우리의 더 위대한 운명이므로, 사랑은 내가 생각한 것보다 훨씬 더 치명적이다. 사랑은 사랑의 궁핍과 마찬가지로 우리의 고유한 속성이다. 그래서 우리에게는 지속적인 욕망의 쇄신이 보장된다. 사랑은 이미 있다. 사랑은 변함없이 늘 있어 왔다.

---

* 번역은 국역본을 따랐다. 『G.H.에 따른 수난』, 배수아 옮김, 봄날의책, 2020.

이 궁핍의 찬가에서 **그녀**라는 여성이 그리고 있는 것은 선한 결핍의 경제이다. 결핍이 결핍되어서는 안 된다는 것. 결핍은 또한 부유함이기도 하고, 사랑은 훨씬 더 치명적이다 (…) 사랑은 이미 있고, 변함없이 늘 있어 왔다.

기적까지도 바랄 수 있다. 그리하면 얻게 된다. 연속성은 중단을 야기하지 않는 간극을 갖기 때문이다. 기적은 두 개의 음표 사이에 있는 음표이며 숫자 1과 숫자 2 사이의 숫자이다. 사람이 할 일은 단지 구하는 것뿐, 그리하면 얻게 된다.

가지기 위해서는 구하는 것으로 충분하다. 구하는 것을 두려워하지만 않으면 가지게 된다. 구하는 것이 두려워 돌연 거세의 장면 속으로 뛰어드는 어린 오펠리아처럼만 하지 않으면 된다.

"사랑은 이미 존재한다." 사랑은 여기 있다. 사랑은 시가 시인을 앞서는 것처럼 우리를 앞선다. "필요한 것은 은총의 일격뿐이다. 그것은 수난이라고 불린다." 이것이 **인정의 경제**다. 우리가 가지기 위해서는 살아 있는 것으로 충분하다. 다른 방식으로 표현해 볼 수도 있다. "굶주림이란 믿음이다."

그러나 카프카는 생의 마지막에 이렇게 말한다. **"그럼에도 우리는 살지 않음을 살 수 없다."** 여기에는 이중의 무능력의 경제가 있다.

삶의 끝과 죽음 앞에서, 카프카와 클라리시 리스펙토르는 어떻게 해야 우리 인간 존재의 진리를 실현할 수 있을지 질문한다.

클라리시는 '그래'의 편에 있다. "사는 것만으로 충분하다. 사는 것 자체가 위대한 선함이다." 삶을 받아들이는 모든 사람은 선하다. 삶을 감사히 여기는 모든 사람은 선하고, 그것으로 선을 행하는 것이다. 이것이 클라리시 리스펙토르가 말하는 성스러움 아닐까? 소박한 성스러움 말이다. 삶의 저쪽 편 기슭에서 카프카는 이렇게 말한다. **"우리에게 믿음이 부족하다고는 할 수 없다."** 다시 우리는 부정의 언어 속에 있게 된다. 믿음, 결핍, 필요로 함, 그리고 삶. 이 모든 것이 거기 있지만, 부정문의 형식으로 말해진다. 이는 존재에 대한 체념이지 찬미라고 할 수는 없다.

Dass es uns an Glauben fehle, kann man nicht sagen. Allein die einfache Tatsache unseres Lebens ist in ihrem Glaubenswert gar nicht auszuschöpfen.
우리에게 믿음이 부족하다고는 할 수 없다. 우리가 살아 있다는 단순한 사실 자체만이 믿음의 가치를 지닌다.

그리고 그는 정확히 이렇게 덧붙인다. "여기에 믿음의 가치가 있을까?" 그리고 직접 대답한다. 그는 분열된 존재이므로.

Man kann doch nicht nicht-leben. Eben in diesem "kann doch nicht" steckt die wahnsinnige Kraft des Glaubens; in dieser Verneinung bekommt die Gestalt.
그럼에도 우리는 살지 않음을 살 수 없다. 바로 이 "그럼에도 ~할 수 없다"에 믿음의 광적인 힘이 있다. 믿음은 이 부정 속에서 형태를 갖춘다.

우리는 ~않음을 할 수 없다On ne peut pas ne pas. 동일한 명상의 장소에서 카프카는 클라리시의 믿음과는 반대되는 것을 말하고 있는 것이다. 그녀는 고독이란 구하지 않는 것이며, 구한다는 것은 이미 고독을 깨는 것이라 생각한다. 이것이 겸손의 가장 위대한 교훈이다. 여기서 갈증은 그 자체로 이미 목을 축이게 해 주는 것인데, 왜냐하면 갈증을 느낀다는 것은 이미 시련을 겪고 목을 축이고자 자신을 내어놓는 것이며, 문을 열어젖히는 것이기 때문이다.

필요로 한다는 것, 그것은 이미 타자를 향해 영적으로 손을 내미는 것이다. 손을 내민다는 것은 요구하는 것이 아니라 세상을 맞아들이고 자리를 내주는 것이다. 필요로 한다는 것은 무언의 신뢰다. 그것은 하나의 힘이다.

너그러움의 세계

클라리시의 글과 같은 텍스트는 극히 드물다. 그녀의 텍스트는 우리가 고독을 마주해야 한다는 사실을 부정하지 않으면서도 손을 내밀어 우리가 너그러움의 세계에 도달하도록 돕는다. 나는 너그러움mansuétude이라는 말을 문자 그대로 받아들인다. **그것은 손을 내미는 습관이다.**

이처럼 큰 너그러움은 가벼운 황홀경 속에서 원초적인 장면, 소모 없는 만남의 장면을 환기한다. 이 섬세한 에피파니 속에서 두 가지 경제가 거의 명시적으로 대비된다. 위로의 경제와 수용의 경제가.

그런 뒤 나는 창가로 간다. 비가 많이 내리고 있다. 나는 빗속에서 다른 순간이었다면 위로가 되었을 무언가를 습관적으로 찾고 있다. 하지만 지금은 위로할 고통이 없다.*

Vou então a janela, está chovendo muito. Por hábito estou procurando na chuva o que em outro momento me serviria de consolo. Mas não tenho dor a consolar.

클라리시 리스펙토르는 우리에게 말한다. "예전에 나는 불안을 위로할 수 있도록 '조직화된' 사람이었다." 조직화, 불안, 위로는 방어의 고전적인 구조를 이루는 요소들이다. 우리가 실존에 포위되었다고 느껴 그에 대응하고 대비하는 일상적인 방식인 것이다. 우리는 이름 없는 싸움 속에서 불안에 대해 위로로 응답한다. 고통을 끊임없이 기쁨으로 맞바꾸는 것이다. 그런데 창가에서 시작되는 또 다른 우주가 있다. 싸움도 '맞바꿈'도 없는 그곳에서 '나'는 단순한 기쁨을 경험하며, 그 기쁨은 정복이 아닌 수용의 대상이다. 그것은 은총의 손길과도 같다. 아무 일도 일어나지 않는다. 그저 기쁨이 주어지고 있다. 기쁨이 내린다, 꾸준하게.

이것이 전부다. 비가 내리고, 나는 비를 바라본다. 얼마나 단순한가. 나는 세상과 내가 이와 같은 밀알의 순간에 도달할 것이라

Apenas isso: chove e estou vendo a chuva. Que simplicidade. Nunca pensei que o mundo e eu chegássemos a esse ponto

---

* 1974년에 발표된 클라리시 리스펙토르의 작품 『밤은 길었다Onde estivestes de noite』에 수록된 단편 「그토록 큰 너그러움Tanta mansidão」에 나오는 구절이다.

고는 결코 생각해 본 적 없다. 비는 나를 필요로 해서 내리는 것이 아니고, 나 역시 비가 필요해서 바라보는 것이 아니다. 하지만 우리는 빗물과 비가 서로 연결되어 있듯 함께 있다. 나는 지금 어느 것에도 감사하지 않는다. 내가 태어나자마자 본의 아니게 어쩔 수 없이 걷게 된 길이 아니었더라도 나는 지금 내가 존재하는 그대로의 나였을 것이다. 나는 비 내리는 들판에 있는 한 농부와도 같다. 신에게도, 자연에도 감사하지 않는다. 비 또한 아무것에도 감사하지 않는다. 나는 타자로 변하는 것에 감사하는 사물이 아니다. 나는 한 명의 여자고, 한 사람이며, 하나의 주의 깊음이고, 창문 밖을 바라보는 하나의 몸이다. 마찬가지로 비는 자신이 돌이 아니라는 것에 감사하지 않는다. 비는 그저 비일 뿐이다. 아마도 이것이 우리가 살아 있음이라고 부를 수 있는 것인지도 모른다. 살아 있음 그것일 뿐, 그 이상이 아니다. 잔잔한 기쁨 속에서 그저 살아 있는 것이다.

de trigo. A chuva cai não por que esta precisando de mim, e eu olho a chuva não porque preciso dela. Mas nos estamos tão juntas como água da chuva está ligada à chuva. E eu não estou agradecendo nada. Não tivesse eu, logo depois de nascer, tomado involuntaria e forçadamente o caminho que tomei — e teria sido sempre o que realmente estou sendo: uma campomesa que está num campo onde chove. Nem sequer agradecendo ao Deus ou à natureza. A chuva também não agradecenada. Não sou uma coisa que agradece ter se transformado em outra. Sou uma mulher, sou uma pessoa, sou uma atenção, sou um corpo olhando pela janelai. Assim come a chuva não é grata por não ser uma pedra. Ela é uma chuva. Talvez seja isso ao que se poderia chamar de estar vivo. Não mais que isto, mas isto: vivo. E apenas vivo de uma algria mansa.

세계와 내가 있다. 그게 전부다. "그런 뒤 나는 창가로 간다. 비가 많이 내리고 있다." 두 개의 동등한 것이 만난다. 나는 창가로 간다. 그리고 비가 많이 내린다. 이는 모든 인간 존재가 거세의 상처를 통해 서로 동등해진다는 주네의 생각과는 다르다. 비와 그녀, 이것이 이 순간의 두 주체다. 내가 가고, 비가 내린다. 나와 비, 이 둘은 동등하게 중요한 두 주체고, 삶의 두 행위자다.

이것이 경이로운 일, "밀알의 순간"이라 불리는 만남이다. 비와 그녀가 동시에 존재하는 곳에 밀알이 있다. 그리고 정당하지만 가차 없는 선언이 이어진다. "나는 타자로 변하는 것에 감사하는 사물이 아니다." 감사도, 연민도, 사례도, 빚도 없다. 존재와 상태, 끈질긴 지속이 있을 뿐이다. 어떤 보충 설명도 없이. 이것은 순수한 "여기 있는 나"다.

(나는) 한 명의 여자고, 한 사람이며, 하나의 주의 깊음이고, 창문 밖을 바라보는 하나의 몸이다. 마찬가지로 비는 자신이 돌이 아니라는 것에 감사하지 않는다.

그녀는 비다. 그녀는 자신이 아닌 다른 사물은 되지 않는 그런 존재가 아니다. 비가 되어 내리는 비. 긍정과 부정의 분리. 나는 아님이 아닌 존재다. 나는 존재하고, 존재하고, 존재한다. 아마도 이것이 우리가 살아 있음이라고 부르는 것일지 모른다. 존재의 기적. 그것이 찬란하지는 않을지라도. 밀알, 그것은 세계의 창가에 있는 것과 같은 존재의 풍요로움이다.

물론 모든 사람이 클라리시가 선 그곳에 도달할 수 있는 것은 아니다. 그곳은 불안을 넘어선 곳, 애도를 넘어선 곳, 그저 비를 만나는 존재가 되고, 어쩌면 나아가 그 자신이 그저 대지가 되는, 위대한 수용의 장소이다. "나는 한 명의 여자다"라고 말할 수 있으려면, 이어서 "한 사람이며, 하나의 주의 깊음이다"라고 말할 수 있으려면, 매우 강하고 겸손해야 한다. 그것은 단순히 "나는 한 명의 여자이다, 끝"이 아니다. 그것은 "나는 창문 밖을 바라보는 하나의 몸"이기도 한 것이다. "나는 창문 밖을 바라보는 하나의 몸이다"라고 말할 수 있는 자는 "(나는) 한 명의 여자다"라고 말할 수 있다. '나' 없이, 인칭대명사 없이, 여성은 순수한 '이다'이며, 자신에게로 귀착되지 않는 존재의 활동이다. 여성이란 **여자**'인' **동시에** 세계-안에서-돌보며-나아가는-자다.

돌봄. 필요. 여성은 여성에서 멈추지 않는다. 멈추지 않고, 흘러가며, 유동성을 지닌 빛의 병치로, 눈물로 쓰인다. 그 문체가 바로 『아구아 비바』, 살아 있는 물이다.

당신인 나

낯설게 나인 당신, 당신은 누구인가?

클라리시 리스펙토르의 여러 텍스트에서의 가장 극단적인 운동, 가장 큰 긴장은 인간 주체와 비인간 주체 사이에 존재한다. 짝, 타자, 몹시도 오랜 탐색 끝에 사랑의 관계를 확립하게 될 존재, 그것은 『복수와 고통스러운 화해La Vengeance et la réconcilia tion pénible』에서의 쥐다. 『미네이리뉴Mineirinho』에서 타자는 일종의 쥐 인간이며, 클라리시는 짐승처럼 죽임을 당하는 그 범죄자 강도와 밀알의 순간을 맺는 데 큰 어려움을 겪는다. 어쩌면 그것은 『G.H.에 따른 수난』의 바퀴벌레일 수도 있다. 두 글자의 이니셜로만 남은 이름 없는 여자 G.H.는 태곳적의 바퀴벌레에게로 다가가는 기나긴 길을 나선다. 그녀는 방 안에서만 십만 년을 지내고(여기서 바퀴벌레는 브라질의 거대한 바퀴벌레를 뜻하며, 브라질어로 바퀴벌레를 뜻하는 바라타는 여성명사이다)—그런데 그녀는 누구인가?—이 치밀한 여정의 끝에 도달하게 될 것이다. 움직임 없이 십만 년 전으로부터 도착하는 바라타처럼. 이 여정에서는 단 한 걸음만 빠뜨려도 모든 것을 잃게 된다. 의미, 만남, 계시, 그 모든 것을. 각각의 발걸음에서 한 단계도 뛰어넘어서는 안 된다. 여정은 인간의 발걸음뿐만 아니라 여자의 종착점인 바퀴벌레의 발걸음과 함께 그려진다. 그녀는 자신의 모든 다리를 동원해 바퀴벌레를 향해 나아간다. 그리고 그 유명하고 위대한 장면, 절대 오류가 있어서는 안 되는 그 장면, '바퀴벌레를 맛보는' 장면에 도착하게 된다.

이 비밀스러운 성서의 한 장에서 G.H.는 마침내 자신이 올바르게 사랑하고, 타자를 위해 자리를 내주며, 바퀴벌레에 대해 궁극의 몸짓을 취할 수 있을 만큼 성숙한 단계에 도달했다고 생각하게 된다. G.H.는 실수로 바퀴벌레를 옷장 문에 끼워 버리고, 바퀴벌레는 자신의 즙, 질료를 흘리게 된다. 그러나 바퀴벌레들은 수백만 년간 존재해 온 불멸의 존재다. G.H.는 바라타에서 나온 하얀 것을 입에 가져가고, 이제 격렬한 사건이 벌어진다. 그녀(G.H.)는 사라지고, 혐오감에 구토를 하고, 정신을 잃고, 제 자신을 토해 낸다. 이 이야기가 지닌 경이로운 점은 그녀가 오류의 문을 지나가는 즉시 자신이 실수했음을 깨닫는다는 것이다. 그녀가 저지른 오류는 타자의 자리를 남겨 두지 않았다는 것, 과도한 사랑 안에서 "나는 혐오감을 억누를 거야. 궁극적인 교감의 몸짓에 이를 거야. 나는 나병환자에게 입 맞출 거야"라고 마음 먹었던 것이다. 그러나 나병환자에게 입 맞춤하는 것이 메타포로 변질되었을 때, 그것은 진실을 잃어버리게 되었다.

바라타의 질료와 교감하는 것은 지나치게 과장된 행동이다. 지나친 의지와 지나친 인식이 그 행위를 더럽히고 G.H.를 영웅주의에 **빠뜨린다**. 바라타를 먹는 것은 성스러움의 증거가 아니다. 그것은 하나의 개념일 뿐이다. 여기에 잘못이 있다. 열정적이지만 현명하지 못했던 G.H.는 상황을 세세하게 이해하지 않은 채로 결합의 몸짓을 취하고 만다. 그녀는 진리의 섬광에 의해 즉시 처벌받고 바퀴벌레를 되돌려 놓는다. 그리고 한 걸음 한 걸음, 한 발 한 발, 한 페이지 한 페이지, 다시 시작하여 궁극의 계시로 다가간다. 이 텍스트는 투사와 동일시의 함정에 빠지지 않으면서 곁에 가까이 다가가는 것이야말로 가장 어려운 일이라는 것을 우리에게 알려준다. 타자는 곁에 가장 가까이 있을 때에도 가장 낯선 존재로 남아야 한다.

창조주의 중립적인 태도로, 모든 존재에 대한 평등하고 과시적이지 않은 사랑으로, 각각을 그의 종에 따라, 폭력 없이 존중해야 하는 것이다. (창세기에서 신이 **말하는** 목소리는 어땠을까? 그 잔잔하고 전능한 음악은 어떤 것이었을까?)

『G.H.에 따른 수난』에서 클라리시가 궁극적인 무감동을 함께 수련하는 주체, 사랑의 짝은 몹시 이질적인 존재여서, 그 타자가 평범한 인간 주체였을 경우에 비해 혼란을 초래하는 이 작업의 금욕적 특성이 우리에게 더 분명하게 다가온다. 네 이웃을 낯선 자와 같이 사랑하라. 너의 이해 밖에 있는 이를 사랑하라. 나를 사랑하고, 너의 바퀴벌레를, 나의 사랑인 너를, 나의 바퀴벌레를 사랑하라. 그렇다. 클라리시의 궁극적인 목표는 다른 인간 주체를 바퀴벌레와 평등하게—긍정적인 의미로—드러내는 것이다. 각자 자신의 종에 따라.

이 지점에서 나는 『별의 시간』 안에 있게 된다. 거기서 마카베아(이것은 간신히 여자인 존재가 텍스트의 후반부에서야 갖게 되는 이름, 텍스트가 도달하는 동시에 예언하는 이름이다)는 바퀴벌레의 자리에 있다. 마카베아는 말하는 바퀴벌레이며, 바퀴벌레만큼 오래되고 원초적이다. 그리고 바퀴벌레처럼 그녀 역시…… 으스러지게 될 운명이다.

그런데 이 낯선 '앎'은 음악의 도움을 받으며 이루어진다. 음악 반주와 함께, 음악의 은총을 통해서.

나는 이것을 오늘의 어제들과 오늘에, 드뷔시의 투명한 베일에, 마를로스 노브레에게, 프로코피예프에게, 카를 오르프에게, 쇤베르크에게, 12음 기법 작곡가들에게, 전자 음악 세대의 귀에 거슬리는 여러 외침에 바친다. 이들 모두가 내 내면의 예기치 못한 영역에 먼저 도달했던 이들, 현재의 예언자들이니 (…)

시인들, 음악가들, 그들은 지금 이 순간과 동시대적으로 존재할 줄 모르는 우리가 너무 자주 놓치는 것, 다시 말해 존재하는 것과 즉각적인 것의 예언자들이다.

(…) 그들은 내가 '나'로 터져 나오는 이 순간까지, 나에게 나에 대해

예언해 주었다.

우리가 '나'로 터져 나오도록 도와주는 이들. 그들은 아마도 담화의 길이 아닌 길, 목소리의 길을 통해 우리 안의 '예기치 못한 영역'에 도달하고 그것을 깨우는 자들일 것이다. 불을 훔치는 자들, 음악을 훔치는 자들. 그들은 오로지 **저자 헌사** 안에서만 존재한다. 왜냐하면 '저자'는 교양을 지닌 자이기 때문이다.

하지만 소설 본문에는 이러한 '현재의 예언자' 거인들이 존재하지 않는다. 드뷔시, 쇤베르크, 프로코피예프처럼 각각 '저자'의 몸의 다른 지점을 건드는 이들이 책 속에 사는 작은 인물들에게는 존재하지 않는다. 우리가 일단 다른 문(먼지의 문)을 통해 이 가난한 텍스트에 들어오고 나면, 위대한 음악의 거장들에게서 남는 것은 이따금 우리에게 고통스러운 방식으로 텍스트의 구두점을 찍어 주는 것밖에 없다. 거리의 바이올린 연주자가 들려주는, 텍스트 여기저기를 중단시키는 톱질 소리와 같은 것들, 혹은 온갖 음계로 표현되는 비명 소리와 같은 것. "비명을 지를 권리"는 이 텍스트의 제목 중 하나이기도 하다. 첫 페이지에서는 가장 원초적인 음악이 삐걱대는 소리를 낸다.

이 이야기 전체를 관통하는 치통은 내 입안에 날카로운 고통을 남기고 있고, 그렇게 나는 귀에 거슬리는 고음으로 당김음 선율을 노래한다―나 자신의 고통을. 나는 세상을 짊어지고 있으며 그 일에는 어떠한 행복도 없다.

나는 다시 음악으로 돌아간다. 먼저 나는 『해방된 예루살렘』*에
서 고귀한 울림을 주는 몇몇 인물들에게 감동을 받았다. 나를 강렬
하게 사로잡았던 것은 '신자들'과 '불신자들'이라는 범주가 풀어내
기 어려울 정도로 엉켜 있다는 점이었다. 신자들과 불신자들은 끊
임없이 서로 바뀐다. 성차의 영역에서 '남자들'과 '여자들'이 그러하
듯 말이다. 두 쌍의 연인이 있다. 하나는 고전적인 커플, 리날도와
아르미다이다. 이 팜파탈과 거세된 남자 사이에서는 흔한 유혹의
이야기가 펼쳐진다. 그리고 또 하나의 커플l'autre couple, 전혀 다른
커플le couple autre이 있으니, 탄크레디와 클로린다가 그들이다. 이
들은 유혹을 넘어선 곳에서, 존중의 이웃이자 아무리 말해도 지나
치지 않은 가치, 존경이라는 가치 속에 자리 잡고 있다. 탄크레디와
클로린다는 외견상으로는 두 사람의 기사이다(그러나 사실은 두 사
람의 여자이다). 우리는 문학적 상상의 세계에서 '무장한 여자'를 만
난다. 아마조네스는 실제로 존재하는가? 그것이 환상인지 역사적
사실인지 나는 모른다. 가장 오래된 서사시들에서는 여자들이 남
자를 만나러 가고, 동등한 위치에서 힘을 겨루고 전쟁을 수행하며,
그것은 끝내 사랑으로 전환된다. 나는 이 이야기의 '진정한 저자'가
누구인지 알고 싶다. 어쩌면 이 이야기가 그 자체로 저자의 저자이
고, 호메로스, 클라이스트, 타소를 탄생시킨 환상의 어머니는 아닐
까? 여성성의 영역으로 넘어가려 하는 아킬레우스일까, 남자가 되
어야 한다는 의무와 여자이고자 하는 욕구를 조화시키려는 펜테질

---

* 16세기 이탈리아 시인 토르콰토 타소Torquato Tasso의 서사시로, 중세 기사도 문학의
걸작으로 일컬어진다. 1차 십자군 원정을 배경으로 기독교 진영과 이슬람 진영의 전쟁을
다룬다.

레아일까, 혹은 다시 아킬레우스 자신일까? 클라이스트, 이 여자들로 가득 찬 '남자', 그는 (실제로) 누구인가? 클로린다에 사로잡힌 타소는? 클로린다, 불신자 군대에서 가장 뛰어난 전사는 여자이며, 가장 신실한 여자이다.『해방된 예루살렘』이야기의 아름다운 점은 전쟁터에서 탄크레디가 클로린다를 추격한다는 것에 있다. 동등한 자가 동등한 자를, 가장 강한 자가 가장 강한 자를, 가장 아름다운 자가 가장 아름다운 자를 추격한다. 그러다 우연히 클로린다는 투구를 잃어버리고, 탄크레디는 노래를 통해 자신을 끌어당기던 존재가 긴 머리의 여성이라는 것을 극적으로 알게 된다. 그때부터 둘 사이에는 약속과 금지가 얽힌 드라마가 불타오르기 시작한다. 탄크레디는 클로린다를 사랑하지만, 모든 것이 둘을 갈라놓으려 한다. 왜냐하면 그들은 영광스러운 여성성의 애도를 노래하는 모든 위대한 서사시들과 모든 위대한 꿈들을 지배하는 숙명의 주체이기 때문이다. 이 세상에서 그들의 욕망을 실현하려면 그들은 자신의 존재에 불충해야만 한다. 하지만 그들이 힘을 얻고 자신을 알아본 이의 욕망의 대상이 될 수 있는 것은 바로 자신의 비밀스런 본성에 충실하기 때문이다. 클로린다는 전투할 권리를 얻기 위해 남자인 척해야 하고, 여자가 남자와 동등하다는 사실을 폭로해 남자들을 충격에 빠트리는 일을 피해야 한다. 결혼은 오로지 '예기치 못한 영역'에서만 가능할 것이다.

성배 전설의 페르스발에게 그랬듯, 법이 다가와 말한다. "주의하라. 우리는 법의 세계 안에 있다. 네가 그로부터 자유롭다고 생각할지라도." 남성과 여성, 동등한 두 힘의 행복한 사랑이라는 향수를 반영한 이러한 서사시들 위에, 현실은 반혁명처럼 떨어진다. 만약 인간이 스스로 맘껏 향유하도록 허용한다면 어떻게 될까? 우리는 그것을 꿈꾸는가, 두려워하는가? 그러나 우리는 탄크레디와 클로린다에게 불행이 찾아올 것이라고 확신할 수 있다. **왜냐하면** 그들이 서로를 사랑하는 것은 동등한 위치에서, 힘 대 힘으로, 충실함 대 충실함으로서기 때문이다. 역사는 지상에 낙원이 존재하는 것을 허용하지 않는다. 어느 한 사람은 반드시 죽어야 한다. 패배한 저자가 죽은 채로 깨어난다. 우발적으로 벌어진 마지막 끔찍한 전투에서 탄크레디는 다른 투구를 쓴 클로린다를 알아보지 못하고 죽이고 만다. 그들은 죽음 속에서야 비로소 하나가 된다. 그곳에서만큼은 역사가 그들을 따라오지 못하기 때문이다.

나는 탄크레디의 흔적을 따라가다 로시니의 『탄크레디』에 도달한다. 음악가는 자신의 욕망의 귀를 통해 이 이야기에서 가장 심오한 현실을 들었다. 그가 들은 것은 이 사랑의 이해 불가능한 진실이었다. 추격이 다시 시작되지만, 이번에는 여성적 방식으로다. 아무런 사전 설명도 없이, 내가 음악가들에게 부러워하는 그 경이로운 권리에 따라, 신실한 이들의 투사인 탄크레디는 여성이 노래하고 연기하지만, 극장 안의 어느 누구도 이의를 제기하지 않는다. 우리는 눈물을 머금은 채 귀기울여 듣고, 믿는다. 이처럼 음악의 세계에서는 여성의 몸과 영혼을 지닌 영웅에게 아무런 저의나 고의 없이 부드러움으로 충만한 힘이 부여된다. 로시니의 『탄크레디』는 "나는 남자인가 여자인가?"라고 묻지 않는다. 클로린다는 오로지 **한 사람, 여성** 탄크레디에 의해서만 사랑받을 수 있기 때문이다. 이러한 사랑이 여성을 만든다. 사랑 때문에 죽을 수 있는 (남자)라면, 그는 여자인 것이다. 죽는다는 것은 이웃을 자신보다 사랑한다는 것이기 때문이다. 『해방된 예루살렘』에는 갑옷을 입은 남자와 여자가 있다. 그렇다, 나는 이 갑옷이 거슬린다. 남자의 가짜 피부 같은 그것이. 그러나 어떻게 이 가면들을 벗을 수 있겠는가? 그럼 '뒷문으로' 들어가 보자. 로시니의 『탄크레디』를 들을 때는 더 이상 이러한 질문이 제기되지 않는다. 결국 그것은 두 여성이다. 그중 하나는 또한 남성이기도 하지만, 본질적으로는 여성인 남성이다. 우리는 이러한 신비를 일상적 삶에서, 하지만 비밀스러운 영역에서 가끔 경험한다. 그때 우리는 꿈의 가장자리에 누운 사람처럼 말없이도 이해한다.

저자가 한 여자를 몹시도 가까이에서 사랑하고, 그녀의 본질을 사랑하고, 그녀 안에서 그녀의 여성성을 향유하고자 하는 꿈, 거짓 없고, 스스로를 감추지 않으며, 아직 이야기를 시작하지도 않은 육체의 책을 읽고 싶어 하는 꿈을 꿀 때, 그 꿈은 얼마나 가슴을 에는 것일까. 이것은 여성 작가가 남성 작가보다 더 쉽게 할 수 있는 일이다.

그렇다. 하지만 저자가, 한 여자가, 다른 여자와 **너무** 가까운 나머지 그녀를 제대로 알지 못하고, 그녀를 미지의 존재로서 발견하지 못할 수도 있다. 친숙함으로 인해 그녀를 놓치고 마는 것이다. 그렇다면 어떻게 해야 할까? 지구를 한 바퀴 돌아 이방인으로서 다른 쪽 입구로 다시 들어가는 것이다.

호드리구 S.M.이 돌아온다. 마카베아를 더 잘 모르기 위해, 그리하여 더 잘 알기 위해.

『별의 시간』에 어떤 변신이 있다면 그것은 예기치 못한 타자를 알아보는 운동 속에서다. 이 운동이 표현되는 것은 '저자(사실은 클라리시 리스펙토르)'인 그(녀)가 타자의 현실성을 극대화하며 속내를 털어놓을 때다. "(내가 그 여자로 태어났을 수도 있었다는 생각을 할 때마다.)"

저자는 아직 이름이 없는 마카베아에 대해 이렇게 말한다.

하지만 그녀에겐 즐거움들도 있었다. 그녀는 추운 밤에 얇은 면 시트 속에서 오들오들 떨며 사무실에서 굴러다니는 날짜 지난 신문들에서 오려 낸 광고들을 촛불 불빛에 대고 읽는 걸 좋아했다. 그녀는 광고들을 모아 앨범에 붙여서 보관했다.

이것은 우리가 더 이상 누릴 수 없는 즐거움이다. 우리는 바닷가재* 이후를 살아가는 사람들이므로. 그러나 바닷가재 이전에는 세상에서 가장 큰 즐거움들이 있었다. 아직 오지 않았으며 결코 오지 않을 모든 놀라움들이. 이를테면 '작은 광고란'이라는 방대한 우주, 약속의 세계가 있다. 광고들을 모으면서 '그녀'는 약속의 땅을 다시 창조해 낸다. 그리하여 그녀는 살아 있는 첫 번째 사과를 마주하게 된다.

그중에서 가장 소중한 광고는 그녀가 아닌 여자들의 피부를 위해 만들어진 크림의 뚜껑 열린 통을 찍은 컬러 사진이었다. 그녀는 격렬하게 눈을 깜빡이며(최근에 생긴 치명적인 틱 증상이었다) 침대에 누운 채로 즐거운 상상의 나래를 펼쳤다: 그 크림은 너무도 맛깔스러워 보여서, 그걸 살 돈만 주어진다면 그녀는 바보 같은 짓은 하지 않을 작정이었다. 피부라니 어림도 없지, 그녀는 그걸 먹었을 테고, 그래, 수저로

---

* 『별의 시간』의 '저자 헌사' 중 "나는 이것을 내 가난했던 과거, 매사에 절도와 위엄이 있었으며 바닷가재를 먹어 본 적이 없었던 시절의 기억에 바친다"라는 문장과 연결된다.

142

듬뿍듬뿍 퍼먹었을 터였다. 왜냐하면 지방이 부족했던 그녀의 몸은 반쯤 빈 빵가루 봉지보다 더 건조했기 때문이다. 그녀는 시간이 지나면서 원시적인 형태의 생물체에 지나지 않게 되었다. 어쩌면 그런 변화는 결국 불행과 자기 연민만 불러오게 될 커다란 유혹으로부터 스스로를 보호하기 위해서였을 수도 있었다. (내가 그 여자로 태어났을 수도 있었다는 생각을 할 때마다 ─ 안 될 게 뭔가? ─ 몸서리가 난다. 내가 그녀가 아니라는 사실이 어쩐지 비겁한 회피처럼 여겨지고, 앞서 여러 제목 가운데 하나에서 언급했듯이 죄책감이 든다.)

'가장 소중한' 광고는 여성성 안에 있는 모든 가난을 의문에 부치고, 그로부터 가능한 모든 부유함을 만들어 낸다. 이 단락에서 우리(등장인물, 독자, 저자)는 '나는 그녀가 아니다'와 '나는 그녀일 수도 있었다' 사이를 오가며, 우리가 타자를 생각하며 취할 수 있는 가장 강력한 명상의 길을 걷는다. 우리가 사랑의 자기애적 투자 없이 낯선 타자를 생각할 때, 그것은 대개 부정적 비-동일시, 배제의 방식인 경우가 많다. 그러나 여기 마카베아의 대리 자서전에서, '나'는 동시에 내가 아닌 여자(들)이기도 하며, 1인칭은 또한 3인칭이 되고 3인칭은 1인칭이 **된다**.

이 이야기는 타자의 차이를 인식하는 것을 주제로 다루지만, 그와 더불어 타자가 될 가능성 역시 끊임없이 제기된다. 그러므로 "그녀가 아닌 여자들"이라 말하는 것으로 충분하다. 그녀가 크림 통이라는 엄청난 물건을 갖게 된다면, 그녀는 바닷가재 이후를 살아가는 여자들은 상상도 못 할 방식으로 그것을 사용할 것이다. 그녀는 그것을 먹어 버릴 것이다. 왜냐하면 아직 이름은 없지만 상상력까지 없지는 않은 그녀는 크림의 가장 순수한 상태, 크림의 시작, 음식의 가장 기초적인 단계에 있기 때문이다. 그녀는 크림 통 이전에 있다. 그녀는 '빵가루'로 이루어져 있다. 그녀의 난소는 "작고 마른 버섯" 같다. 그녀는 이런 식으로 자신을 비애 없이 바라본다. '결국 불행과 자기연민만 불러오게 될 커다란 유혹'은 그녀에게서 살아 있음의 기쁨을 앗아갈 것이다.

그러나 우리에게 마카베아의 상상 속 기쁨을 이야기해 주기 위해 다른 성性으로부터 온 여행자, 호드리구 S.M.이 되어야만 했던 (그녀)는 크림을 피부에 바르는 그녀들 중 하나이다. 왜냐하면 마카베아를 더 잘 가늠하기 위해 클라리시 리스펙토르는 자기 자신과 거리를 두고, 자기 연민도 타인에 대한 연민도 없이, (마카베아와는 다른) 부유한 사람들 중 하나가 될 수 있어야 했기 때문이다. 이 이야기를 읽으며 나는 그녀를 거의 잊을 뻔했고, 실제로도 잊어버렸다. 나중에서야 나는 그녀를 기억해 냈다. 순간 나는 마카베아의 눈으로 클라리시 리스펙토르를 보게 된다. 화장을 짙게 하고 미용실에서 막 나오는 그녀의 모습을. 그녀는 머리를 세팅하는 데 한 달치 소시지 샌드위치 값을 지불해야 했을 것이다. 어쩌면 나는 나 자신의 모습을 보고 있는 걸까? 그렇다면 이것은 정치적인 텍스트인가? 은밀한 방식으로는 그럴지도 모른다. 만약 영혼의 정치라는 것이 존재한다면. 클라리시 리스펙토르의 무자비하게 현실적**이면서도** 영적인 세계에서 가난함과 부유함은 무엇보다 영혼의 상태이며, 열정의 역설적 모습이다.

기쁨에 관한 논고: 살아 있다는 것으로 충분하며, 그것만으로도 기적이다. '진정으로' 말할 수 있는 자, 정말로 이 금욕적인 기쁨을

살 수 있는 자는 누구인가? 마카베아. (아니, 나는 이 이름 안에서 반향하는 소리를 듣고 싶지 않다*.)

우리의 마카베아는 자신의 무한한 가난 속에서 『G.H.에 따른 수난』의 "살아 있는 것으로 충분하다"를 보존하고 있다. 그녀가 가진 것은 살아 있음뿐이다. 그것은 먹고 마시는 것이 아니다. 그녀는 그러한 것을 거의 갖지 못했다. 그녀의 가난은 곧 그녀의 부유함이다. 우리, 바닷가재 이전의 낙원을 상실한 자들은 갖지 못한 가난을 그녀는 지니고 있다. ("내가 그 여자로 태어났을 수도 있었다는 생각을 할 때마다")라고 말하며, 남성 저자는 한숨을 쉰다. 무대 뒤의 프롬프터처럼 괄호 속에 숨은 채. 나는 당신이고, 그러므로 나는 그녀가 될 수도 있지만, 다행히도, 그리고 불행히도, 나는 그녀가 아니다. 이것은 헌사에 있는 괄호와는 반대이다. "저자 헌사(사실은 클라리시 리스펙토르)". 여기, 괄호 속 말("내가 그 여자로 태어났을 수도 있었다는 생각을 할 때마다—안 될 게 뭔가?—몸서리가 난다")에서는 ("사실은 클라리시 리스펙토르")에서 시작된 발전의 정점이 기입되어 있다. 모든 가능성이 괄호 안에 있다. 그것은 가능성 중의 가능성, 탄생의 가능성, 질료가 형상으로 쏟아져 들어가 마카베아, 저자, 클라리시, '당신'을 선사하는 순간이다. 그 가능성이 괄호 안에 있다. "안 될 게 뭔가?" 이것이 클라리시가 던지는 윤리적 질문이다. 나는 클라리시로 태어났지만 그것은 우연일 뿐이다. 우연들: 그녀는 우크라이나에서 태어났고 브라질어로 글을 쓴다. 그러나 그녀는 피그미족으로 태어날 수도 있었다. 안 될 게 뭔가? 바닷가재

---

* 마카베아라는 이름은 macabre(죽음의, 음산한)를 연상시킨다.

이후를 사는 우월한 존재들인 우리는 늘 우리의 운과 우연을 우리 자신과 동일시하곤 한다.

하지만 이러한 동일시는 자기애적이고 빈곤하다. 우리는 우리의 이름이 우리 자신이라고 믿도록 허락하고 강요하는 것보다 훨씬 더 큰 존재다.

우리는 **가능한 존재들**이다. 우리는 누구든 될 수 있다. 그 안에서 우리의 "안 될 게 뭔가?"가 살아 있는 괄호를 닫아 버리지만 않는다면. 그러므로 나는 나보다도 훨씬 오래전, 최초의 분자들과 함께 시작하여, 나 이후에도, 내 주변에서도 계속되는 한 사람이다. 한편 나는 우연히도 한 사람의 여자이고, 인류에 속해 있다. 아, 그래, 나는 인간이고, 또한 여자다.

동시에 이것은 공포의 고백이다. 만약 저자인 나 '호드리구 S.M.'이, '내'가 마카베아로 태어났더라면. "내가 그녀가 아니라는 사실이 어쩐지 비겁한 회피처럼 여겨지고, 앞서 여러 제목 가운데 하나에서 언급했듯이 죄책감이 든다." 그렇지만 이 텍스트는 최소한 마카베아가 살았던 삶을 경험해 보려는 강렬한 시도였다.

그 삶의 한 시간만이라도.

그 삶의 숨결 한 번만이라도.

왜냐하면 마지막 순간에 모든 사람은 똑같이 가난하고, 똑같이 부유하고, 똑같이 별에 맡겨지기 때문이다.

나도 너도 동정하지 않는, 죽어가는 자의 무자비한 용기로 쓰인 이 어려운 책. 여기서 삶은 가난하지만 매순간 경이로우리만치 부유하기도 하다.

클라리시가 여러 번의 변신 끝에 마카베아를 거쳐 갈 때, 질료로 돌아와 남성 저자 기타 등등으로 다시 나타날 때, 그때는 그녀가 클라리시 리스펙토르라 불리는 사람이길 곧 그치게 될 때이다. 이 변신의 순간은 너무 짧아서—『별의 시간』—우리는 그/그녀를, 클라리시 리스펙토르의 마지막 삶의 이야기를, 한 시간 안에 읽을 수 있다. 아마 실제로도 그녀의 마지막 순간이었을 것이다. '저자(사실은 클라리시 리스펙토르)'는 마카베아로 태어나는 데 성공할 것이기 때문이다. 클라리시 리스펙토르의 이름인 마카베아는 거의 아무도 아닌 자가 되었다가, 아무도 아닌 자가 되고, 그녀의 살아 있는 원소들은 여기, 우리가 호흡하는 공기 속에, 보이지 않는 채로 존재한다.

『별의 시간』의 저자는 치명적인 섬세함을 지닌 여자다.

『별의 시간』의 저자는 이 텍스트의 필연성 속에서 태어났으며, 이 텍스트와 함께 죽었다. 그는 자신의 작품이 탄생시킨 작품이다. 그는 아이이고, 아버지이고, 그리고 (사실은 어머니다).

그는 간신히 여자인 마카베아를 가능한 한 최선으로 사랑하라는 사명을 띠고 세상에 왔다. 오직 아무도 아닌 자만이 사랑할 수 있었던 그녀를 온전히, 그리고 세세한 부분까지 사랑하라는 사명을 띠고.

그녀의 드문드문한 머리카락과 그래도-여자인 성을 사랑하라는 사명을 띠고. 클라리시 리스펙토르가 마카베아를 위해 특별히 창조한 저자에게 이 섬세한 임무를 맡긴 것은, 어쩌면 어떤 여자(사실은 클라리시 리스펙토르)가 한 여자의 성을 응시하는 일을 감히 시도할 수 없었기 때문일까?

그리고 정숙한 마카베아는 어쩌면 의사일 수도 있는 한 신사의 시선보다 한 숙녀의 시선을 훨씬 더 두려워했을 것이다. 그리하여, 클라리시는 사랑으로 물러나고, 마카베아의 곁에 호드리구 S.M.을 파견한다. 여자의 사랑으로!…

그리고 등장인물들에게는 자신을 이해하고 삶을 불어넣어 주기 가장 **유리한 처지에 있는** 저자를 지닐 권리가 당연히 있지 않은가?

물론, 이 말은 **사랑**과 존중에 관한 책에만 해당된다.

그리고 존중은 책을 쓰기 **전부터** 시작되어야 한다.

별과 나 사이의 거리는 얼마나 먼가, 얼마나 믿을 수 없을 만큼 가까운가, 한 종과 다른 종, 아이와 어른, 작가와 등장인물 사이의 거리는, 얼마나 헤아릴 수 없는 거리인가, 마음과 마음 사이의 거리는, 얼마나 비밀스러운 가까움인가.

모든 것이 멀리 있다. 모든 것이 거리를 유지하며 존재한다. 모든 것이 우리가 생각하는 것보다 덜 멀리 있다. 결국 모든 것이 서로 닿고, 우리에게 닿는다.

마치 마카베아가 클라리시의 눈 속에 먼지 한 톨처럼 들어와 그녀를 울린 것처럼, 믿음의 눈물을 흘리게 한 것처럼, 클라리시의 목소리는 나를 감동시킨다.

무겁고 느린 그녀의 문장이 내 심장을 누르며 걸어간다. 사색적인 짧은 문장으로, 생각에 잠긴 채, 그녀가 나아간다.

때로는 아주 멀리까지 가야 한다.

때로는 극도로 멀어지는 것이 적당한 거리다.

때로는 극도로 가까운 곳에서 그녀가 숨쉬기도 한다.